© 2008 by Valeria Parrella
Published by arrangement with Agenzia Letteraria Roberto Santachiara

© 2008 Giulio Einaudi editore s.p.a., Torino

La casa editrice, esperite le pratiche per acquisire tutti i diritti
relativi alla copertina della presente opera, rimane a disposizione di quanti avessero
comunque a vantare ragioni in proposito.

Le vicende e i personaggi raccontati in questo romanzo sono di fantasia,
frutto della libera elaborazione dell'Autore. Ogni riferimento a persone esistenti
e a fatti realmente accaduti è puramente casuale.

www.einaudi.it

ISBN 978-88-06-19096-5

Valeria Parrella

Lo spazio bianco

Einaudi

Lo spazio bianco

Non ti erano nascoste le mie ossa
quando venivo formato nel segreto,
né la mia sostanza nelle viscere della terra.
Il corpo mio informe gli occhi tuoi lo videro,
e nel tuo libro erano scritti tutti
i giorni che sarebbero venuti:
non ne mancava uno.

       Salmo 138, vv. 15-16

Il simulacro sollevò le sonnolenti
palpebre e vide forme e colori
che non intese, persi in rumori,
e tentò timorosi movimenti.
Gradualmente si vide come noi altri
imprigionato in questa rete sonora
di prima, poi, ieri, mentre, ora,
destra, sinistra, io, tu, quelli, gli altri.

     JORGE LUIS BORGES, *Il Golem*

Prologo

Ho provato. Aspettando la metropolitana per l'ospedale, tutti i giorni, ho provato a leggere saggistica. I primi tempi ci sono riuscita, perché non avevo altro se non la mia testa. Ed era una testa molto esercitata sui libri.
Nei pomeriggi lunghissimi delle medie, tra la fine dei compiti e l'inizio della sera, la stanza si dilatava: qualunque rumore arrivasse dai capannoni delle conserviere che ci soffocavano l'aria, qualunque rancore i miei si rilanciassero da un estremo all'altro del corridoio, venivano assorbiti dal silenzio del tempo fermo. Io leggevo.
La testa si era esercitata cosí, a fidarsi solo di se stessa. E allora ritornava nell'equivoco di bastarsi da sola ogni volta che si sentiva tradita dalla realtà.
Però stavolta non riuscivo a leggere: c'era una buca a ogni parola scritta bene, inciampavo nei righi di qualunque romanzo, con un'agitazione profonda. Allora avevo cercato rifugio in un altro livello, che non lasciasse trapelare il dolore, leggevo saggistica. Avevo scelto un tema che fosse preciso come la matematica e sanguinoso come una rivoluzione. Era il laicismo, ma sarebbe potuto essere altro. Ero entrata in una libreria della città vecchia che non frequentavo, cosí che nessuno avrebbe potuto chiedermi come stavo, e avevo comprato.
Dovevo essere metodica. Non rinunciare a un libro fino all'ultimo, leggere tutto e anche sottolineare, glossare affianco.

All'inizio ha funzionato, ho creduto di avere voglia, ogni mattina, di prendere la metropolitana per l'ospedale: per leggere avanti. Poi ho creduto meno, piú avanti mi distraevo. Dopo una settimana appena, dormivo una veglia intermittente con la testa appoggiata all'indietro sul finestrino: le persone entravano e uscivano, io toccavo la borsa e ci sentivo dentro il libro, dentro il libro sentivo una matita e mi dicevo «Ho sonno perché il corpo ha sonno, ma la testa è salva».

Invece avevo perso anche quella. Devo averla persa in un viaggio di ritorno, dall'ospedale a casa, in un pomeriggio di quelli che quando riemergevo in superficie fuori era già scuro, e non c'era manco il tempo di fare la spesa. Dev'essere stato a via Foria, lungo i giardini da poco rifatti e già vecchi e pure ancora non finiti, come succede a tutte le cose della città. A occhio direi che dev'essere stato lí, e di sera, perché io tornavo solo la sera dall'ospedale, a parte qualche volta che scappavo e non ci andavo proprio, e allora riuscivo anche a vedere il mondo di giorno. Il mondo fuori dall'ospedale.

Di una vacanza a Lampedusa, quando vacanza significava perdere il conto di tutto, ricordo la signora delle pulizie: disse che la mia città è bellissima.

– E quando c'è stata? – le chiedevo io, nascondendo le mutande nei cassetti.

– Non ci sono stata: l'ho vista da una stanza d'ospedale.

E infatti il panorama, specie dai padiglioni di dietro, è spettacolare. L'ho scoperto il giorno in cui cercavo un modo per fumare senza dover scendere giú. Trovai un finestrino lungo e stretto, anche alto, ma stava nel bagno e quindi potevo salire sulla tazza. L'ho diviso tutto il tempo con un colombo che ci aveva fatto il nido. Per fortuna erano già i giorni in cui avevo perso la testa, perché a me i colombi hanno sempre fatto schifo: poveretti, non sono né meglio né peggio di altri, ma in città sono tanti, troppi. E comunque quando trovai il finestrino con vista convivemmo in silenzio quasi totale.

Da lí ho guardato la città per tre mesi tutti i giorni, a sbuffi regolari, nell'arco di undici ore: ho fatto mille volte il gioco dell'indovina dov'è il duomo – indovina dov'è la galleria, indovina dov'è il decumano – e non mi sono annoiata mai.

La puzza della nicotina non si toglieva dalle mani nemmeno dopo il lavaggio antisettico, nemmeno dopo aver tirato su le maniche e insaponato bene fino ai gomiti, per due minuti, come recitava la normativa della terapia intensiva. Trasudava dal camice azzurro appena mi emozionavo, superava la mascherina, se il respiro si affannava nell'angoscia.

Qualcuno me lo ha rinfacciato. Un dottorino con gli occhi molto blu mi ha chiesto una sigaretta, e io gliel'ho offerta come si passa il pane a tavola.

Il fatto è che mia figlia Irene stava morendo, o stava nascendo, non ho capito bene: per quaranta giorni è stato come nominare la stessa condizione. Chiedere qualcosa ai medici era inutile, mi rispondevano:

– Signora, non lo può sapere nessuno.

Io allora, che mi sentivo tradita perfino dalla scienza, richiamavo in automatico l'antico equivoco: mi guardavo intorno e vedevo un'umanità senza testa che consumava il suo tempo nella sala d'aspetto. La madre della ragazza accoltellata anche oggi era venuta con la stessa tuta da ginnastica e la stessa pinza nei capelli, la zia che l'accompa-

gnava si sbracava sul divanetto a guardare le fotografie di «Chi». Forse era a loro che il primario credeva di aver parlato. O al tossico che aveva forzato gli armadietti. Respiravo. Calibravo la frase e il sorriso, chiamavo a raccolta i termini esatti, quelli che significano una sola cosa per volta, e incalzavo:
– Non c'è una percentuale di probabilità?
– In che modo credete opportuno intervenire?
– Possiamo ipotizzare, una volta assunta la sopravvivenza, tali e tal'altri danni?

Mi studiavo, mentre aspettavo la risposta: avevo le unghie in ordine, e un libro nella borsa, e un conto corrente che registrava ogni mese un accredito del Ministero. Avevo visto tutti i film d'essai all'Abadir prima che tornasse a essere un cinema porno, avrei portato Irene a tutti i cortei, appesa nel marsupio, facendola ballare dietro il camion dei Zezi. Se nella nuova risposta ci fosse stato un termine non trasparente, avrei integrato il significato dal contesto lí per lí, e poi sarei corsa a controllarlo su internet, nella pausa dalle 12.30 alle 16.00, la piú devastante.

– No, signora, vale la regola del tutto o del niente.

La zia della ragazza accoltellata, allora, aveva alzato la testa dallo yacht di Briatore e mi aveva detto:

– Quelli sono medici, signò, che vi possono rispondere?

Come a dire poveretti, non sono né meglio né peggio dei colombi.

Solo che io avevo avuto una gran fortuna, perché il mio colombo del finestrino se ne rimaneva in rispettoso silenzio.

Dunque anche oggi, dopo tante volte ventiquattr'ore, in quest'ora della tarda mattinata che pure era uguale, minuto piú minuto meno, a quella degli orologi di chiunque altro in città, anche oggi non c'era una regola in cui Irene si sarebbe potuta incanalare, piccola com'era, senza dare fastidio. Non c'era una Costante da moltiplicare per qualcosa, tipo la fascetta di plexiglas che avevamo uguale, io al suo polso, lei al mio, o la voce che i miei colleghi controllavano al telefono quando mi chiamavano per avere notizie.

Non era cosí: era che qualcuno aveva lanciato una monetina in aria, e quella prima o poi doveva cadere su una faccia. Per quaranta giorni sulla stessa moneta, *morendonascendo*.

Quando avevo detto *morendo* erano saltati su, tutti, gli amici, i parenti, i colleghi, scuotevano la testa, allargavano le palpebre, poi sorridevano: e lí lo sapevo che stavano per partire cinque minuti di ridefinizione del significante, seguiti da inviti a cene e prime d'opera. Per abbreviare i tempi ho cercato di usare sempre l'altro sinonimo: *nascendo*. E cosí loro, tutti, ci hanno creduto. Li rassicurava.

L'altra cosa è stata appunto questo: che mia figlia Irene stava morendo e io non ho potuto dirlo a nessuno. Sono quasi sicura che le due cose sono andate insieme, senza cercare proporzioni, le due cose entravano e uscivano con me da quella metropolitana, insieme.

Fatto sta che una sera, erano i primi dieci giorni di ricovero, io salivo una rampa immobile di scale mobili rotte e sbucavo su piazza Cavour. E piazza Cavour aveva tutte le luci accese, una tirata lunga di librerie scolastiche sulla destra che calava giú le saracinesche, molte donne dell'est baciavano molti uomini dell'ovest nei giardinetti, e io ho guardato in fondo in fondo alla strada, che è una strada che mi è sempre piaciuta perché da una certa angolazione si vede la salita della Doganella, con due file di luci gialle che sembra la pista di decollo di un aeroporto, o una rampa che sale verso qualcosa; ma nel momento in cui finalmente mi sono decisa a entrare in questa salumeria costosissima e comprare una fetta di qualcosa per cena, mi sono ritrovata con una monetina che mi roteava piano piano sul collo, al posto della testa.

Io insegno materie letterarie in una scuola serale. Prima-terza media a giganteschi camionisti che faticano a infilarsi nei banchi. Ho dimestichezza con le allegorie e mi è bastata una lezione per spiegare che quando Dante diceva *leone* stava dicendo tre cose insieme. Ma non ero pronta a specchiarmi nella vetrina di una salumeria e vedere una moneta che girava su se stessa, su me stessa, girava disegnando ellissi sempre piú ampie e senza cadere mai.

Allora per non imbarazzare nessuno ho rinunciato a quella e ad altre cene, e me ne sono tornata a casa.

Lo spazio bianco

Irene era arrivata quando nessuno se l'aspettava piú. Per esempio quando io avevo già quarantadue anni e fumavo venti rosse al giorno dalla maggiore età.

Segni di fumo su di me non ce n'erano: la pelle resisteva come al primo giorno di università, quando il chiostro di Lettere mi aveva risucchiato per promettermi che avrei studiato quello che volevo, e che quello che avessi imparato sarei diventata io. Io al cinema a quattromila lire, io a letto con chi volevo, io chiusa per ore in biblioteca come un'investigatrice a cercare libri che erano in consultazione da troppi anni sul comodino dei professori. Io con la sigaretta in mano pronta a smettere quando avessi voluto, quando sarebbe stato giusto, nel momento in cui avessi progettato un figlio.

O per esempio Irene è arrivata il giorno in cui avevo fatto fila al sindacato per cinque ore nello smog di piazza Garibaldi, e alla fine, conteggiato tutto, e riscattati anche gli anni dell'università, mi avevano detto che no: la pensione quasi non l'avrei avuta, o comunque molto tardi e senza liquidazione.

E io allora me l'ero fatta a piedi per tutta via Marina, rinunciando ai tram bloccati dalle macchine sui binari, respirando tutti gli scarichi che il mare non riusciva piú a chiamare a sé. A piedi sui marciapiedi, scansavo i cartoni e i materassi degli immigrati, con una strana forza dentro le gambe e dentro il fiato. Ero sí piú lenta dell'auto blu del sindaco, ma comunque piú veloce delle ambulanze ferme nel traffico, ed ero arrivata al laboratorio di analisi. E là dovevo avere fatto la faccia di una madonna che non aspettava piú l'annunciazione, perché l'infermiera mi aveva portato un bicchiere di acqua e zucchero mentre io telefonavo al padre.

Ma soprattutto Irene era arrivata quando suo padre non se l'aspettava. Era un uomo elegante che mi era passato nella vita recitando frasi molto belle. E la bellezza si era poi rivelata essere l'unico valore che avevano.

Tutto quello che avevamo costruito insieme, era stato uno specchio che rifletteva le nostre solitudini, quelle solitudini in cui ti ritrovi a quarant'anni, quando si è placata l'ansia di fare tutto, e si può cominciare a prendere fiato.

Non era stato un grande amore, era solo stato distratto.

E anche io, che ce ne ho messo di tempo per capirlo, per non telefonargli piú, per vederlo andare via, piccolo uomo come era venuto. Ma non piccolo come una figura vista da lontano, piuttosto senza prospettiva in un mosaico bizantino: io sproporzionata al suo fianco e anche Irene, cosí minuscola che nell'incubatrice avevano dovuto avvolgerla tra i cuscini, eppure accanto a lui immensa.

– Ma mo non fate che non venite piú.
– E perché non dovrei venire? Io entro nel nono mese a giugno, dopo l'esame.
– Sí vabbuò, pure mia moglie ha detto cosí per tutti e tre i figli, e poi si metteva a letto con le gambe in aria e non faceva piú niente... voi siete pure di una certa età.

– Ué Gaetano voi tenete quattordici anni piú di me.
– Eh, ma non vi offendete: io mica lo dico per qualcosa... solo che mi metto paura che non ci portate voi all'esame. Dopo centocinquanta ore.
– Dopo centocinquanta ore stiamo messi male, che vi credete che all'esame potete dare del voi alla commissione?
– E che gli devo dare, il tu?
– Il LEI, Gaetano vi dovete imparare a dare il lei. Facciamo cosí: da oggi in poi io – Maria – e lei – Gaetano – ci diamo il lei. Fino a giugno.
– Madonna, professoré, e mi sembra di mancarvi di rispetto...

Quando alle sei e mezza siamo scesi tutti, alunni e docenti, a prendere il caffè, Gaetano quasi mi aiutava ad attraversare la strada, allora ho tirato Fabrizio, che mi conosce bene, verso la cassa, e mi sono lamentata:
– Offri tu.
– Stai nervosa?
– Gaetano. È morboso, mi fa sentire la maestrina dalla penna rossa.
– Perché sei incinta, è padre di tre figli.
– No, è un rapporto strano... è da quando gli ho insegnato a scrivere con la sinistra.

Era che dopo aver lasciato tre dita della mano destra sotto una pialla a filo, Gaetano non si era potuto neppure prendere il patentino di fabbrica, perché non riusciva a mantenere la penna tra il pollice e il mignolo: quelli corti che la lama non aveva beccato. E poi anche che mio padre era stato un operaio grosso come un armadio, e per un incidente del genere avrebbe fatto chiudere la fabbrica per cinque sei turni di seguito, fino all'arrivo dei dirigenti da Milano o da Ginevra. Una volta mangiammo per un mese uova e morzelle di baccalà, perché la busta paga era finita subito con tutti gli scioperi che avevano fatto.

«E quelli i giornali ci hanno messo una settimana per arrivare...» diceva lui a tavola senza guardare mia madre che girava la frittata.

Insomma per questa strana forma di affetto io, la sera, quando il custode della scuola ci cacciava bestemmiando noi e tutti i centri di formazione territoriale, dovevo litigare con Gaetano per non farmi riaccompagnare a casa.

– Gaetano, scusa: guarda Luisa, Luisa non se ne va da sola?

– No, professoressa, non mi mettete in mezzo a me: per Gaetano a me mi possono pure uccidere...

– Ma che c'entra, Luisella se ne va con la macchina.

– E se no come ci arrivo fino a Ponticelli: con il *metrò dell'arte*?

– Dài Gaetano, me ne vado con Shan, sta dalle parti mie.

– *Dài* è *tu*, mo, professoressa, ci dobbiamo dare il lei.

Shan si faceva prendere sottobraccio senza dire nulla, anche se proprio naturale non gli sembrava, di passeggiare con una donna incinta che non era sua moglie.

Fabrizio aveva il corso di italiano per stranieri e mi raccontava che in classe marocchini e srilankesi facevano fatica anche a guardare in faccia le loro compagne ucraine. All'inizio pensavo che era per questo che non scendevano mai in pausa con noi al bar. Poi un giorno a una ragazza bielorussa era venuta una tachicardia cosí forte che l'avevamo dovuta portare in ospedale.

– Si è drogata? – aveva chiesto l'infermiere.

– Un caffè ha preso.

Lei poi ci aveva tenuto a spiegare che il caffè è una droga potente. Noi le avevamo creduto perché al suo paese

era laureata in Chimica, in classe si annoiava, la sera leggeva Carlo Emilio Gadda.
– Ma perché vieni a scuola tu? – le chiedeva Gaetano con una punta d'invidia e molto dialetto.
– Perché mi serve la terza media per essere assunta nel mio livello.
– E che lavoro fai?
– Sto in un'impresa di pulizia, al centro direzionale.
Insomma quella volta si era capito che gli alunni stranieri non scendevano al bar perché non potevano bere il caffè, e perché il tè delle bustine gli faceva schifo.
Sotto il braccio di Shan mi sentivo tranquilla. Non perché lui abitava al Cavone, che era poco dopo casa mia, ma perché su di lui proiettavo un'aspettativa.
Io passavo spesso per il Cavone dove una volta vivevano i napoletani, e ora ci vedevo i negozi di artigianato indiano, e gli alimentari con la verdura che ancora costava quanto deve costare la verdura. E mano mano che scendevo vedevo i phone center, gli internet point, e i negozi di musica bollywood, le ludoteche e gli asili di quartiere, padri che accompagnavano i bambini a scuola mentre le mogli erano a servizio dai notai di Posillipo, e sui muri manifesti pieni di lettere arricciate che invitavano a chissà quale evento culturale. E allora mi stringevo al braccio di Shan aspettando il giorno in cui avremmo avuto un elettorato di srilankesi, il giorno in cui questi bambini che ora giocavano a cricket a piazza Dante sarebbero diventati grandi. Uno sarebbe diventato un custode, al posto del custode della mia scuola che ci odiava perché non poteva piú fare i comodi suoi, e neppure poteva vendere le merendine ai cinquantenni, e un altro sarebbe sicuro diventato un preside al posto della mia preside, che si sentiva invasa dalla scuola serale, che doveva pagare la bolletta dell'elettricità anche di sera,

senza che noi organizzassimo recite per l'assessore e senza nemmeno poterci inserire nel piano per l'offerta formativa. Ne ero sicura mentre sentivo Shan parlare, e parlava sempre meglio, sempre meglio, glielo avevo detto io a Fabrizio: «Fai bene il tuo lavoro, che salverai la città».

Pensavo questo tutta contenta quando Shan all'incrocio mi lasciò e io cominciai a provare un dolore rotondo e forte, per cui andando verso casa sentii che qualcosa dovevo fare, che se no non sarei stata tranquilla, e invece di continuare presi la salita degli Incurabili, che porta a un pronto soccorso. Al pronto soccorso dove mi avrebbero rassicurata, o dato qualcosa, o detto che tutte le donne al sesto mese cominciano a sentire questi dolori. E insomma salii senza neppure chiamare nessuno, che tanto dopo un'ora al massimo sarei stata a casa, e già pensavo *litiga con l'infermiere, fatti chiamare il medico, compila un formulario idiota*, però continuai a salire, e la strada greca si arrampicava dritta dietro un palazzo di compensato alto quanto la collina, che era spuntato in una notte o poco piú all'inizio del millenovecentottantuno, come se il terremoto fosse stato pioggia e i costruttori spore a disperdersi tra le macerie.

Poi non pensai oltre, perché la salita si era fatta ancora piú lunga ed erta e mi stava dicendo già da molti passi: «Non si fanno i figli a quarantadue anni».

Il Celestone è un farmaco che aiuta il feto ad aprire i polmoni. Io quella sera non lo sapevo ancora, però sapevo che il medico di guardia aveva detto a un'infermiera di iniettarmelo. E lei non l'aveva fatto.

– Quella sostanza che lei ha chiesto, non me l'hanno fatta.

– Sí, signora, quella è un'iniezione.
– Appunto, non me l'hanno fatta.

Lui, mentre sferrava l'autorità sulla ragazza, mi fece una faccia a dire che tanto non sarebbe cambiato molto, e io da qualche parte questo pure lo avevo capito, ma almeno giocavamo ad armi pari. Io stesa su una barella con la Vasosuprina che mi rallentava le contrazioni e mi spaccava il cuore, lui a fine turno, in attesa del cambio; però lo stesso ad armi pari. Tanto lo sapevo, che da eretta o da stesa, con qualcuno pure ci avrei litigato.

Invece non litigai con nessuno perché il medico tornò e disse che ormai era troppo tardi per tutto, che non potevano piú fermare le contrazioni, che la bambina sarebbe uscita dall'utero.

– Viva?
– Signora... la faccio parlare con il neonatologo, intanto se vuole un cesareo mi deve dare il suo consenso all'anestesia.
– Che alternativa c'è?
– Lasciare fare alla natura.

Io guardai attorno a me oltre la luna artificiale della lampada allo iodio, vidi vetrine asettiche piene di medicine e ferri chirurgici, due studentesse *strutturande* che si scambiavano informazioni su qualcosa che non avevano capito, un uomo in camice che odorava di amuchina, e oltre la finestra lampioni e strade. Pensai al mio comodino, su cui si alternano gocce di ansiolitico e tazzine di caffè, al cellulare di qualcuno che squillava nel corridoio, allo psicologo che da anni mi restituiva la stessa immagine di me che io gli lanciavo, solo deformata in modo diverso. E mi ritornarono anche in mente le parole da astronave che mi avevano detto al pronto soccorso quando si erano dati per sconfitti, e mi avevano caricato in ambulanza: «La portiamo in un centro di *terzo livello*». Allora, siccome a me la parola *natura* mi faceva pensare a una donna accovacciata a sgravare in un campo di grano, dissi:

– Fate voi.

– La bambina nascerà sicuramente viva, ma potrebbe morire subito, o sopravvivere con gravi handicap, oppure stare bene, lei lo sa?

– Io lo so.

– Lei lo sa, signora?

– Io avrei dovuto partorire tra tre mesi.

– La bambina sarà portata subito in terapia intensiva neonatale.

Qui finiva il consenso informato: io avevo dato il mio consenso e quello poi mi aveva informato, come se veramente mi avesse fatto una domanda, come se io veramente avessi avuto un'alternativa. Era un gioco retorico, di quelli che si imparano presto nelle famiglie contorte come era stata la mia, o poco piú tardi a scuola.

Però non mi dispiaceva giocare, perché mi riconoscevo, finché ci muovevamo su quel piano lí, fingere di comunicare, fingere di espletare funzioni d'ufficio o sociali, o umane, quelle cose lí le conoscevo bene. E mi ci muovevo a mio agio piú che con una flebo in un braccio.

Sí, qualcosa: qualcosa di tracotanza mi toccò, ma sapevo anche di vivere in un mondo che non era mai stato né degli dèi né degli eroi, e che a passare le colonne d'Ercole si passava e si continuava.

Con l'anestesista parlammo di body art. Perché era stato consulente per la personale di un'americana che aveva fatto gridare al miracolo assessori, governatori e galoppini. Qualche volta io e Fabrizio portavamo gli alunni alle presentazioni dei libri, oppure ai vernissage. E a quello lí c'eravamo andati perché era l'occasione di vedere il nuovo museo d'arte contemporanea senza pagare il biglietto. L'edificio un tempo aveva ospitato il Provveditorato, e io mentre guardavo il corpo «modificato» di una modella, pensavo alle file che avevo fatto agli sportelli con la laurea in mano prima, e poi, in una dinamica professionale di senso inverso, con il diploma magistrale, quello che finalmente mi aveva fatto lavorare.

Luisa guardava le maioliche dell'artista che aveva pavimentato una sala permanente, pensando a quanto tempo ci voleva per pulirle tutte, e Gaetano si era incantato all'improvviso davanti a un'ancora.

– Io proprio cosí mi sento, – aveva commentato. Io e Fabrizio avevamo fatto le espressioni a dire «Boh?» e poi eravamo usciti. E fuori avevamo aiutato la stampa accreditata di mezzo continente ad attraversare la strada mentre i motorini impennavano.

Non ricordavo quasi nessuna installazione, ma ascoltare era l'unico modo di sopravvivere, cosí lasciavo l'anestesista al racconto del suo momento di gloria.

Ogni tanto cercavo di guardare oltre il panno verde ma al massimo vedevo un piede roteare senza gravità nelle mani di un medico e mi dicevo che doveva essere il mio piede.

Un'infermiera interpretò il mio sguardo e mi chiese:
– E come la vuole chiamare questa bambina?
– Non dica cosí, signora, io ho paura di perderla questa bambina.

L'anestesista riattaccò con la sua body artist preferita e io gli stetti dietro ancora per un poco, poi mi distrassi, perché all'improvviso, poco oltre il panno, ma già oltre la porta della sala operatoria, avevo sentito l'urlo immaturo di un pianto a cui non ritornava aria.

Quando vennero a trovarmi avevo da poco riacquistato la facoltà di camminare eretta.
– Hai già visto la bambina?
– Sí e no: ha una mascherina sugli occhi, per via della lampada che le stanno facendo, tutto il resto è coperto dal pannolino.
– Che cosa *le* hanno detto i medici?
Gli altri si girarono verso Gaetano prendendolo per pazzo, ma a me quel *lei* inaspettato mi riportò in vita: gli sorrisi.
– Niente, la prognosi è riservata.
Luisa mi spiegò alcune strategie che furono molto utili quando mi trovai a tu per tu con il bagno, poi un infermiere cominciò a passare con l'espressione irremovibile di chi non aveva mai permesso che fossero portati in corsia frittatine e televisori, e medici privati. Batteva sulle porte e avrebbe battuto anche le finestre, se ci fossero state le sbarre. Diceva:
– Uscire. Uscire.
Fabrizio mi diede un bacio in fronte:
– Ce la riportiamo a casa, Maria, adesso falle fare la lampada e il resto che serve, ma poi ce la riportiamo a casa, tutta abbronzata come Donatella Versace.
La prognosi non era riservata a me e neppure a lei: era riservata ai medici. Lo Stato si riservava di non dirmi niente.
Cominciarono a piovermi intorno storie di bambini nati prematuri vent'anni fa, quando la medicina non esi-

steva. Che venivano messi in scatole di cartone, avvolti nell'ovatta con le bottiglie di acqua calda attorno, in case di tufo senza riscaldamento, e che adesso erano giocatori di rugby alti due metri. Sí, ma la mia stava in un'incubatrice bianca come la nebbia, con una sonda che la alimentava dal naso, un tubo che le scendeva fino in fondo alla trachea per pompare dentro l'ossigeno che non riusciva a procurarsi da sola, con il petto tatuato di elettrodi che le monitoravano le funzioni vitali. Senza che io potessi stringerle nulla, oltre l'oblò, se non la mano. E la sua mano, tutta, non arrivava a coprire la piú piccola delle mie falangi.

Un feto sta dentro l'utero, un bambino nasce dopo nove mesi di gravidanza. Quello che io vedevo nella sala di terapia intensiva non era niente di questo, allora mi accorsi dell'urgenza del nome.

– Si chiama Irene, – dissi, – e scrivetelo.

Qualche giorno dopo una burocrazia borbonica che non aveva alcun legame con la vita registrò anche il suo cognome, il mio.

In quel periodo il mio occhio allenato intercettò la psicologa di reparto:

– Cosa posso aspettarmi?

– Signora, le dico cosa fanno i medici in questi casi: portano a termine la sua gravidanza.

– Che significa?

– Che se la bambina sopravviverà, uscirà dall'incubatrice piú o meno quando lei sarebbe uscita di conto. Possiamo darci il tu?

– Diamoci il tu.

– Maria, – disse battendo sulla scatola bianca, – questo è il tuo utero.

– Sí, – dissi allora io che mi stavo smembrando, – e quel sondino lí: quello che l'alimenta: è ancora il mio cordone ombelicale o è già il mio seno?

– Eh, un poco tutti e due.

– No. Tutti e due no.

– Sí, tutti e due: vedi... questi bambini portano un doppio tempo. Uno anagrafico, quello registrato dall'ospedale, e uno reale, quello che corrisponderà, speriamo, al momento vero in cui sarà autosufficiente.

– E intanto?

– Intanto prenditi il tuo, di tempo. Perché la cosa è lunga e servono forze anche per capire.

Fosse stato un aborto avrei aspettato il raschiamento, fosse stata una bambina l'avrei tenuta in braccio. Io non avevo altre categorie a disposizione.

A me non serviva un'infermiera, e neppure il primario o la psicologa. A me serviva un esegeta che mi spiegasse cosa tutto questo voleva dire, quale seconda realtà c'era dietro quella che mi si mostrava, quale il modo giusto per continuare. Come quando Luisa mi interrompeva perché non aveva capito, e io le facevo vedere i margini dei libri, le prefazioni, le postfazioni, le glosse, per dirle: non sei tu che sei cretina, senza questi tizi che commentano il testo, anche io non mi sarei orientata.

– Sarebbe come un disegnatore, – concluse Gaetano una volta che aveva rubato a suo figlio Emanuele il *Purgatorio*, con le illustrazioni di Gustave Doré. – Tanto Emanuele i compiti non li fa mai... lo vedete 'sto libro? Lo vedete quanto è nuovo? E lo sapete quanto mi è costato? Non l'ha ancora manco aperto. E ci sono tutti questi disegni che spiegano.

Ecco, a me serviva un esegeta bravo come quello del suo libro, perché la situazione si stava facendo complicata.

Solo che venne sera e accesero i neon e in ospedale non era ancora passato nessuno, e quando si fecero le nove io capii che non mi sarei potuta addormentare addosso all'incubatrice, né sulla sdraio delle infermiere, e allora me ne andai a casa.

Non ho neppure capito bene se Irene mi mancava, la notte. Non avevo mai conosciuto la sua presenza e ora mi toccava un'assenza che non sapevo riconoscere. La cercavo in come me la sarei immaginata, e non potevo. Non potevo guardare la parete della camera da letto e proiettarci l'immagine di una culla, finché il suo unico spazio era dentro la terapia intensiva. Io non avevo immagini.

Su una delle porte del reparto, per una mancanza di tatto o per un eccesso di speranza, avevano affisso un poster della Benetton, con un enorme grasso bambino nero che non poteva essere nessuno dei nostri. Io lo guardavo attingendo a una memoria collettiva, a un serbatoio d'immagini dei bambini degli altri. Conoscevo i bambini degli amici, dei parenti, le mie fotografie da piccola, digitali in attachment alle mail, i bambini sani e quelli malati, quelli dei carrozzini al sole, quelli trascinati lungo i quartieri dalle mamme inferocite, quelli portati a spalla dai padri srilankesi.

Avevo visto manuali che spiegavano come crescere i bambini, e pubblicità di bambini, su bambini, per bambini.

La psicologa dell'ospedale mi aveva portato davanti a una bacheca in cui c'erano le foto di tutti quelli che erano sopravvissuti alla terapia intensiva, e che ora stavano a scuola, al mare, a litigare con i fratelli.

E Irene non c'era. Lei non era nessuno, era un feto sgusciato, un corpo nudo il cui cuore batteva centottanta volte in un minuto, la cui faccia era cosí piccola che nessuno avrebbe potuto intuirne i lineamenti. Era una forma senza immagine, un atto vivente che dietro di sé non aveva nessuna idea platonica a sorreggerlo, l'individuo che non arriva da nessun paradigma.

E io non ero sua madre, non ero una madre, io ero un buco vuoto che ogni mattina prendeva una metropolitana per l'ospedale e che quando usciva passava da un cinese take away perché non c'era piú ragione di cucinare. Che aveva dimenticato in una borsa qualunque un libro sul laicismo, e che ogni due ore e trenta minuti si alzava dal divanetto della sala d'attesa e si trascinava verso l'incubatrice in un modo che agli altri pareva comprensibile e anche doveroso.

Invece io mi alzavo e andavo in un modo appannato e vago, come quelle foche che seguono i cadaveri dei loro cuccioli uccisi dai bracconieri.

La terza mamma, dopo aver visto suo figlio per la prima volta, si era contratta lungo la parete e aveva detto:
– Ma che siamo in un film di quello...
– Quello chi?
– Quello che fa i film del terrore.
Io avevo tirato le somme tra il suo accento di Ischia e la sua età e avevo tentato:
– Hitchcock?
– Eh.
Adesso stava lí a guardare un foglio appeso all'incubatrice, cercando di capire a cosa corrispondessero i numeri

segnati sotto ogni apice. Poi guardava gli altri: la seconda mamma, la prima, me, e si chiedeva perché le nostre incubatrici non avessero lo stesso foglio.

– Tutto sommato abbiamo avuto un culo enorme, – disse.

Io la guardai con un'aria insofferente perché non mi sembrava il caso, bardate com'eravamo di mascherina e guanti e con la mente ossessionata dal pigolio dei monitor, che ricominciasse con il *potrebbero ancora sopravvivere*. Chiaro che fuori, al sole, dentro le macchine, al distributore del caffè, quello che tutti si aspettavano da noi era un sentimento del genere. Ma almeno qui dentro no.

– Tutto sommato abbiamo avuto un culo enorme.
– Mina, ma perché?
– Eh, le altre mamme si sono dovute accontentare dell'ecografia: noi stiamo vedendo tutto dal vivo.

Quel giorno scoprimmo la mensa. In fila con noi non c'erano né malati, né parenti di malati. C'erano studenti, specializzandi e professori universitari. Ci tenevano a dividersi sui tavoli rispettando l'appartenenza al ruolo, e se un tavolo era lungo e li doveva contenere in ordine sparso, comunque gli studenti aspettavano che fosse il professore a cominciare, anche se si erano seduti prima loro e anche se dovevano correre a lezione.

Mina nemmeno ci badava, vedeva un camice bianco e diceva «Dottò», e io lo stesso: manco dovevo guardare se Federico II imperatore dell'università era ricamato in rosso in verde o in blu per capire chi mi si agitava nella sedia affianco.

Ne avevo fatte di mense universitarie, a Lettere nessuno studente avrebbe mai ceduto il passo a un professore e nessun professore se lo sarebbe aspettato, ma appunto: era uno schema codificato anche quello. A non seguirlo si rischiava di non riconoscersi piú, o peggio: che fossero gli altri a non riconoscerti.

Cosí ci eravamo incontrati io e Fabrizio, alla mensa dell'Orientale che era piú pulita della nostra e dove nessuno ti chiedeva il libretto per entrare. Prima che fiorisse la moda della cantina a prezzo fisso ci trovavamo un'umanità strana, che si lamentava della scelta tra i primi anche se tutto il pasto costava cinquecento lire, e anche se poi ce ne volevano ottomila per andare al teatro. Io e Fabrizio non avevamo le ottomila e nemmeno il tempo per il teatro, perché dovevamo studiare. Far slittare un esame poteva significare dover comprare un libro nuovo, far slittare una sessione poteva significare ripagare le tasse. Mia madre si vergognava di un esonero per reddito, io ne pretendevo uno per merito.

Io occupavo e speravo che l'occupazione finisse presto, attorno a me risentivo i comizi di mio padre, ma dietro gli studenti di Filosofia che non si lavavano mai i capelli e mettevano sempre lo stesso maglione si spalancavano case enormi, con le stanze che giravano una dentro l'altra e il parquet per terra. Se ne vergognavano: mi portavano subito sul terrazzo a vedere come gli cresceva bene la piantina di marijuana, allora io mi giravo e oltre la balaustra vedevo il golfo e il Vesuvio, e fino a dove punta della Campanella tocca Capri.

Si vergognavano di nuovo:

– Non si direbbe, eh? Che dagli spagnoli c'è tutta questa vista...

Ma quelli non erano i quartieri spagnoli, quello era il

corso Vittorio Emanuele, e ci si poteva arrivare in tassí da Mergellina. Agli spagnoli ci viveva Fabrizio, ci potevi arrivare solo se ti arrampicavi con le buste della spesa, e le ginocchia non ti dovevano fare male, perché a un certo punto la strada finiva sempre e cominciavano i gradini. Quando pioveva le fognature saltavano e la mamma di Fabrizio infilava la carta dentro le scarpe e diceva:

– Io non capisco che differenza c'è tra mo e quando le fognature non c'erano proprio.

A me andava bene qualunque cosa: tornavo finalmente in città da un confino di provincia a cui la Cirio mi aveva condannata prendendo mio padre a lavorare. Il tempo che mi lasciava Eschilo lo dedicavo alla riconquista delle strade, e mi pareva ci fosse una metrica che comprendeva tutto, e che si scandiva con i passi.

Il greco è stato un'arma a doppio taglio: mentre ero seduta in mensa con Mina, noi che avevamo la vita sospesa in terapia intensiva e loro che si muovevano in una normale giornata di lavoro, io guardavo le posture dei primari. E anche se non tenevo mai i gomiti sulla tavola me ne accorgevo, che i miei erano piú larghi dei loro, quando tagliavo il secondo. Non ho avuto tempo di correggere tutto: ci sono voluti anni e molti stipendi prima che decidessi di comprare altre scarpe, e quando con Fabrizio andavamo a un vernissage lo sapevo che le calze delle altre signore erano migliori delle mie, anche se le copriva il pantalone.

– Signora, me la offre una sigaretta? – disse il dottorino dagli occhi blu portandomi il caffè.
– Dottore, e va bene che stanotte è di guardia lei con i nostri figli, ma non le sembra che stiamo esagerando? E che mi ha preso per una tabaccheria?
Gli allungai il pacchetto e riconobbi senza dubbio, in lui, l'ombra di uno che avrebbe saputo come sostenere la nottata tra i pigolii dei monitor.
– Grazie.
Gli sorrisi rassicurata.
– Marí, sentimi a me, questo ti viene appresso.
– Mina ma terrà quindici anni meno di me...
– E che significa?
– Comunque guarda che la sigaretta me l'ha chiesta perché si deve fare una canna.
– Se era per questo me la poteva chiedere pure a me.
Dopo l'ingresso delle 16 Mina se ne andava a casa, perché faceva la parrucchiera a domicilio e nessuno le avrebbe pagato la maternità. Si svegliava tutte le mattine alle sei, e il torpore dell'angoscia le stava già facendo perdere troppe clienti.
– Se no che gli do a mangiare, a quello spermatozoo che ho fatto?

Io invece potevo fare tardi, ero abituata alla scuola serale e il buio era l'unica condizione per ritirarmi. A casa, vivevo una strana consolazione: non avevo di mancanze da soffrire. La mia casa era rimasta vuota, cosí come era iniziata, per un intreccio di eventi in cui non riuscivo piú a riconoscere e distinguere la volontà dal destino. A notte mi stendevo nel letto, arrivavo a toccare con le gambe aperte le estremità come se mi fossi voluta assicurare che le due piazze non erano un vincolo, intorno sentivo il silenzio delle stanze una dentro l'altra.

La mia casa era bella perché era vuota e perché non era antisismica, non aveva gli impianti a norma, il salvavita, il garage, il giardino condominiale. Quando l'ho trovata stava piantata come un chiodo arrugginito su un cardo della città greca.

Io ho fatto avanti e indietro con lo straccio sul pavimento, e ho comprato un paio di scarpe con il tacco per sentirle risuonare sulla graniglia napoletana. A volte ho guardato l'architrave della porta, profondo come il muro di tufo che lo contiene, come fosse stato una cornice, e io il quadro da farci passare sotto.

Niente mi ha dato sicurezza nella vita come il maniglione di ferro che serra da cento anni la porta d'ingresso, niente è stato piú completo e libero della mia solitudine nella mia casa.

Io ho odiato le case moderne come sanno essere vecchie le case moderne della nostra provincia, le ultime a scansare il piano regolatore, cresciute prima che ci arrivassero le strade, arredate prima che funzionassero le autoclavi, dotate di televisori prima che ci potesse arrivare la posta: perché è lí dentro che si è consumata quella stagione dell'incomunicabilità che è stata la mia adolescenza.

Nel luglio del 1973, mia madre si fece a piedi mezza città e poi aspettò ore perché un forno cacciasse fuori un poco di pane, finché arrivarono dei ragazzi con la tuta regolamentare del mestiere loro, e l'assaltarono. Mia madre era riuscita a tornare con due chili di palatone e non aveva detto niente a mio padre, la sera, perché mio padre comprava il giornale solo la domenica e c'era tempo prima che si arrabbiasse. Avevamo notizie dalla zia emigrata a Torino, sapevamo che le misure di contenimento dei prezzi li stavano rassicurando, mentre da noi un piccolo rincaro della farina aveva scatenato la serrata dei panificatori.

Mia mamma quella sera disse solo:
– Penso di essere di nuovo incinta.

L'estate fu di fuoco, asciugò il lago Fusaro e le cozze degli allevamenti sotto il Castel dell'Ovo erano come un marciapiede di asfalto scricchiolante: il due settembre, mentre io ero a scuola, mio padre portò mia madre al Palasport. Lí, dopo una fila di quattro ore sotto un tendone arroventato, i medici della base Nato di Bagnoli, con una pistola ad aria compressa, le iniettarono una dose di vaccino Sclavo. Dentro c'era un vibrione a forma di virgola che avrebbe dovuto salvare lei e chi portava in sé dal colera, ma non era la virgola giusta, perché il colera che galleggiava insieme ai topi e agli escrementi fuori via Caracciolo aveva un altro biotipo. Sarebbe stato buono, quello, per il ventre di Napoli, ma erano passati cento anni e il vibrione era cambiato. Le fognature no, e neppure l'emergenza sanitaria. Giovanni Leone, all'ospedale Cutugno, prima di lavarsi la mano destra aveva fatto le corna, e mia madre cominciava a non sentirsi bene.

– È stata la fila sotto al sole, – aveva detto mio padre, – andiamo a prendere Maria a scuola.

Qualche giorno dopo arrivò il biotipo giusto e la Regione organizzò una campagna per le rivaccinazioni. Mentre si sentiva pungere, mia madre scivolò a terra. Cosí rimasi per sempre figlia unica. Lei per un paio di mesi, mentre nessuno la sentiva, e poi a voce sempre piú alta per farsi sentire, da me, da mio padre, dal padreterno, ripeté: «Gli dovevo dire di no. Non me lo dovevo far fare, dovevo dire di no».

Mio padre tuonava contro il sistema, tuonava forte per non sentire il dolore, diceva:

– Non c'è stata nessuna epidemia. Cento anni fa morirono diciottomila persone, mo ne sono morte trentotto... sempre con questa storia degli untori... l'emergenza che deve sbucare sotto ogni cosa, sotto al vulcano, da sotto alle cozze, perché non la sanno guardare in faccia.

Oppure sbatteva la mano sul tavolo:

– Quegli americani di merda, che si dovevano fare belli, ce l'avevano loro il vaccino, in piena guerra fredda guarda caso erano loro che dovevano fare la bella figura.

Mio padre ce l'aveva con gli americani che gli avevano insegnato a fumare a sedici anni delle dure senza filtro, regalate al porto insieme al latte condensato e alle tavolette di cioccolato. E ce l'aveva con gli italiani che quando andavamo a Torino da mia zia e volevamo fermarci in una pensione a metà strada, vedevano la targa NA e dicevano: «Tutto esaurito».

Mia madre ce l'aveva solo con se stessa, continuava a dire: «Non me lo dovevo far fare».

Finché mio padre decise di lasciare la città, e accettò il posto alla Cirio, trenta chilometri piú a sud.

– Ci trasferiamo: la provincia è tranquilla, non succede niente. Non si muove niente.

E in quella provincia immobile io fui condannata all'istituto Magistrale.

La provincia in sé non aveva nulla di male, ero io a disagio: non mi sentivo protetta dagli sguardi degli altri, ricordavo la città con il suo trionfo di umanità che ti abbraccia e poi ti scarica, superato l'angolo e imboccata la strada grande. La mia città di provincia si poteva attraversare tutta a piedi in poco piú di mezz'ora, non aveva salite, se non i cavalcavia che superavano i binari di una stazione senza termini che continuava sempre da sud a nord lungo il Tirreno. Restavo ferma ai passaggi a livello, assieme alle biciclette e agli operai, e mentre aspettavamo che si alzassero le sbarre io avrei voluto essere su ciascuno dei treni che ci impediva il passo. C'era un solo autobus che usavano gli anziani, o le donne per andare a fare la spesa al mercato, e l'idea che non servissero altre linee mi costringeva e mi imbarazzava.

Ero io a non essere nel tempo e nel luogo giusto. A volte mamma si faceva riaccompagnare in città, per nostalgia o per guardare le vetrine, anche se erano quelle nascoste dalle saracinesche della domenica. E quello stesso mio disagio, stemperato in un milione e passa di abitanti, si leniva e piano piano si perdeva.

Nei discorsi dei compagni di scuola e degli adulti che ci si affiancavano di volta in volta, coinquilini del palazzo, colleghi di mio padre, c'era un fiato spezzato, un discorso che non si può portare oltre: la mia famiglia come mille altre si nutriva volentieri di queste frasi smozzicate, della velocità di giudizio su cose e persone, degli argomenti subito archiviati per non essere discussi, per non spalancare voragini. Del cinema con una sola sala.

Il comune buon senso, che pure aveva un senso, era il respiro della provincia e l'anima della famiglia, e per me che opponevo resistenza con tutte le mie forze alle cose date, era il nemico palese e subdolo che attentava alla mia felicità. Mi sembrava che gli altri si lasciassero scorrere, mentre io ero come uno scoglio che dava intralcio alla corrente e da essa con odio si lasciava corrodere. Sono stata questa inutile fatica, e questa fatica non si è mai sciolta.

C'era una forbice troppo ampia nella mia casa di adolescente, tra le idee che mio padre contrattava al tavolo dei dirigenti di fabbrica e ci raccontava orgoglioso a cena, e i mezzucci con cui insieme a mia madre brigava perché finissi nella migliore sezione del Magistrale. E l'una cosa alimentava e nascondeva l'altra.

La provincia tutta, ai miei occhi, era la lente d'ingrandimento di questa parodia: il danno della famiglia fattosi paese.

La seconda madre aveva diciannove anni e due gemelli, uno maschio e uno femmina, in due incubatrici che stavano di fronte. Aveva conosciuto il padre dei suoi figli quella stessa estate, su un pattino a baia Domizia. Dopo il mare lui l'aveva riaccompagnata a casa in motorino, lei in quel viaggio di ritorno si era sentita bellissima, anche se era ancora piú magra di adesso e aveva tutti i denti cariati. Lui era un meccanico di ventidue anni e non le aveva lasciato il tempo perché i dubbi superassero la realtà: dal vestito da sposa si vedeva, che nella pancia erano in due. Ora andava avanti e indietro dall'officina alla terapia intensiva: appena poteva scappava da noi, abbracciava sua moglie sul divanetto e ci raccontavano la storia da videoclip con cui avevano concepito i gemelli. A volte era cosí stanco che si addormentava con la testa sulle sue gambe.

La femmina non stava bene, si vedeva perché invece di crescere si gonfiava: era sempre da lei che la madre andava, per istinto, perché con i dottori non ci parlavano mai e i dottori a loro non dicevano nulla. Incaricava suo marito di andare a guardare il maschio nell'altra incubatrice, e poi girava attorno alla femmina, concentrata, senza dire niente, senza aprire gli oblò. Guardava i monitor che disegnavano onde e pensava che partivano dal corpo di sua figlia, e restava a guardarle come si guardano le onde.

Cercavo di ricordare cosa facessi io in un martedí qualunque dei miei diciannove anni, e non ricordavo nulla di particolare. Forse un'ambascia, se fosse meglio Lettere o Filosofia.

– Maria.
– Eh.
– Secondo te perché è gonfia la bambina?
– Penso che siano i reni, chiedi al medico di turno, magari è una sciocchezza.
– Non è una sciocchezza: è gialla.
– Forse il fegato, Rosa devi chiedere al dottore... Dottore: c'è una mamma che deve avere una notizia urgente.
– Dica, signora Rosa.
– Perché la bambina è gonfia?
– Perché non sta bene.
– Ma guarisce?
– Non si può dire... ma avete il maschietto che vi dà tanta gioia.
– Dottore, io questo discorso che fate non lo capisco.

Il monitor era una scatola grigia, o blu, issata su una base come la cassa di uno stereo e aveva dei fili che entravano, insieme a cento altri fili, nelle incubatrici. Io avevo visto i loro colori piú spesso degli occhi di Irene.

Quando qualche giorno la trovavo stesa sull'addome invece che sulla schiena, prima mi smarrivo e poi mi emozionavo, a pensare che aveva una schiena. Irene odorava di plastica umida e surriscaldata, certe sere tornavo a casa con dei solchi profondi e blu a metà degli avambracci, ed erano il peso delle mie stesse braccia sui bordi degli oblò. Non portavo piú l'orologio, nessuna di noi lo portava, perché il lavaggio antisettico prevedeva che fosse tolto e noi vivevamo per il lavaggio antisettico. Misuravo i giorni che passavano con la lunghezza della mano di Irene stretta su una delle mie falangi.

Le infermiere non volevano che ci avvicinassimo l'una all'incubatrice dell'altra. Facevano rispettare la legge sulla privacy con un imperativo da mercato: «Fatevi i fatti vostri». Allora noi ci chiamavamo di nascosto, sbirciavamo che loro fossero immerse nella descrizione dell'ultimo fidanzato di Simona Ventura per rivelarci un'ansia, o mostrarci una conferma.

Dopo un poco avevo imparato a decifrare il linguaggio delle macchine, e tenni una breve lezione sediziosa a Rosa, a Mina e alla prima madre. Spiegai che se le onde cambiavano forma non voleva dire che i bambini stavano peggio, ma solo che il segnale non era buono. Che la saturazione era la quantità di ossigeno che finiva nei tessuti, e stava scritta in quel numero lampeggiante in alto a tutto, che la frequenza del respiro era una notizia di terz'ordine rispetto agli altri dati.

E poi c'era un led che lampeggiava nero su uno sfondo chiaro, e che sembrava il trattino di Word sullo schermo del computer. All'inizio della pagina, quando stai aspettando di scrivere il primo verbo: e quello era il cuore che batteva.

Io e Fabrizio avevamo piantato il televisore a centro stanza e guardavamo i minuti scorrere come in una partita di scacchi. Era il primo faccia a faccia elettorale e io mi trovavo in una condizione d'eccellenza: riuscivo a sentirmi in imbarazzo per entrambi i candidati.
– Che ti aspettavi?
– Che Prodi si alzava in piedi e ci leggeva una lettera dal carcere di Gramsci.
– Maria, tu devi tornare a lavorare.
– Sono in maternità.
– Te la prendi dopo, quando Irene esce.
– Non posso.
– Puoi: lavori in una scuola serale, salti l'ultimo turno all'ospedale e vieni a scuola.
– E se Irene non esce dall'ospedale, me li ridai tu i turni che non ho fatto?
– Irene esce.
– Ah, già, scusa: mi ero distratta.
– Non serve a nessuno che stai là undici ore al giorno.
– *Inveceateservediricominciarealavoraredevistarebeneeriprendertiperquandoleiuscir*à*Mariadevipensareateatestessa.*
– Tieni: i tuoi alunni ti mandano i temi da correggere. Me li riporto?
– Glieli ha assegnati la supplente?
– No, glieli avevi assegnati tu.
– Mh...
– Me li riporto?
– No, vabbè, lasciali qua: chissà quanto è ignorante quella. È meglio che ci do un'occhiata io. Me li porto all'ospedale. A te come va?
– Insomma, trovano difficoltà con le letture.

– Cos'è?
– Una pagina dai *Promessi*.
– E dagli torto.
– Sta sull'antologia, ma è piena di «seco» e «pel». Già sulle preposizioni normali si bloccano.
– Fagli leggere Maupassant.
– Maupassant?
– Eh, Flaubert.
– Flaubert? E che mi sono preso, la cattedra di francese?
– Scemo, in italiano. Fagli leggere i francesi in italiano.
– Cristo santo, con tutta la letteratura che abbiamo, devo fargli leggere una traduzione?
– Proprio per quello, una traduzione: non d'autore, senza stile né sfumature. Fabrí: questi si devono imparare a parlare l'italiano, non a sfebbrare dalla peste bubbonica.
– E per l'esame?
– Io ho tutti i riassunti dei *Promessi*, per capitolo.
– Li hai fatti per gli studenti?
– No, li ho fatti per me. Ce li ho sul quaderno del secondo Magistrale.
– Che cazzo di secchiona, mamma santa.
– Primo banco-fila di centro, dalla seconda elementare a quando ti ho conosciuto.

Avevo fatto una scuola di paese, dovevo andare per forza bene: se no non ci sarebbe stato scampo. Avrei finito per studiare Giurisprudenza, e senza un padre avvocato mi sarebbe toccato di andare a fare pratica gratis, da uno con una targa accanto al citofono grossa come una lapide in vita.
Forse tutto partiva da lí, perché sentivo che se Irene non respirava c'era una rinuncia che si era annidata in me,

contro la mia volontà, e si manifestava solo ora. So anche che la psicologa dell'ospedale si toglieva il camice e veniva in borghese a fumare con me, fuori, per aiutarmi a capire che non era vero.

Ma lei era cresciuta in città, che ne sapeva di quelle domeniche sera dopo le domeniche pomeriggio, quando tutti i libri erano finiti e restava solo un soffitto antisismico a 2,75 metri di distanza dal letto? Nell'etica in cui ero cresciuta non era poi cosí raro: c'era una sovrabbondanza di peccati originali. Si camminava il corso su e giú, dopo le cinque, o si entrava a bere quel caffè, con la colpa annidata in un collo di pelliccia. Non c'era nemmeno bisogno di raffinare le tecniche, di scegliersi una droga particolare, una pensione da annerirne le pareti di sigaretta: nella provincia operaia ci si faceva male rinunciando.

Tutto quello che dovevo fare, ora, era smettere di credere al nesso causa-effetto. Da quarantadue anni mi ci affidavo con gratitudine, e, insieme a una buona parte di umanità occidentale, in questo modo avevamo sistemato il mondo. Li vedevo i bambini, nel cortile dell'ospedale dove non potevano entrare: lo sapevano anche loro che dopo *cucú* viene *se-te*. Anzi che c'è un *cucú* perché ci sarà un *se-te*.

Poi da allora in poi era stato tutto cosí. Per far coincidere le cause con gli effetti mi ero arrampicata su e giú per secoli di filosofia; chiunque passasse il Bosforo in un libro, a venire o ad andare, aveva sempre una progenie che dimostrava la derivazione naturale di gioie e dolori; e poi c'era la Necessità di ottenere quel risultato: posti quei termini in matematica o quelle sostanze in chimica o quei fonemi in linguistica.

E tutto intorno le catechesi a scandire i rapporti tra ciò che accade prima e ciò che accade dopo. Era questo allenamento che non mi lasciava respiro di fronte al dolore, che non mi permetteva di dire «sono cose che succedono» e «stiamo sotto al cielo». Che in una statistica mi faceva sentire sempre l'eccezione.
Che non mi permetteva di arrendermi alla casualità del male.

Intanto tornavano nuovi conti. Avevo permesso che sull'incubatrice di Irene fosse appesa una nuvoletta, rosa, con il suo nome segnato dentro. Le aveva portate un giorno la psicologa, le infermiere avevano aiutato ad appenderle dove non dessero impiccio, scartando di lato le madonne merlettate o i santini che le madri infilavano dove potevano, negli interstizi e nelle guarnizioni delle incubatrici, come fossero teche. Dovevano venire da direttive americane sullo stato psicologico dei genitori con figli in terapia intensiva, doveva essere scritto in un manuale qualunque, facilmente reperibile nella stessa biblioteca dell'Ateneo. Ma io non lo sapevo piú.
Eppure avrei potuto, a sera, aprire una schermata di ricerca, come avevo fatto da anni per qualunque cosa mi svegliasse curiosità, un accadimento, un nome, il nome di un uomo che mi piaceva. C'era solo da digitare nel riquadro in alto a sinistra la parola «prematuro» e avrei trovato il solito mondo della rete, condiviso e solo: forse anche blog di speranza, con finestre aperte sull'alba del Michigan proprio in quel momento lí, conversazioni da mantenere con quel minimo di inglese che la scuola italiana mi aveva concesso. E poi avrei trovato il mio strumento di sempre, una

bibliografia aggiornata e in ritardo, perché i cuori battevano veloce e la medicina solo pochi anni prima non si sarebbe concessa di tenere dei corpi cosí, sospesi, come in un film di fantascienza o nelle leggende gotiche.

Invece io non avevo piú acceso il computer, né cercato un rigo da leggere per orientarmi. Continuavo a ripetermi questo: che se avessi iniziato a studiare medicina adesso, non sarei comunque arrivata in tempo. Qualsiasi indagine, altri approcci alla scienza mi valevano quanto la possibilità di dare vita o morte a un simulacro mettendogli sotto la lingua il nome di Dio.

Sui divanetti della sala d'attesa, ora guardavo con voglia «Gente» e «Novella Duemila» tra le mani degli altri e poi li chiedevo da leggere, da perdersi, come in crisi d'astinenza. Ma intanto una psicologia d'oltreoceano lavorava svelta per noi, e veniva applicata, e portava nel reparto nuvolette rosa o azzurre con i nomi dei bambini scritti a penna tra i sorrisi festosi del primario.

Uno dei calcoli che tornava, era che una nuvoletta su quattro spariva.

Un altro conto intestino delle madri era che i bambini che non respiravano dopo cinquanta giorni, poi morivano. Le condizioni si aggravavano e il sostegno delle macchine nulla poteva piú. Cosí succedeva che una mattina arrivavamo in ospedale e mancava un'incubatrice ai nostri numeri. Che il caffè che ci era stato offerto alla macchinetta automatica appena il giorno prima da genitori stanchi, non avrebbe potuto mai piú essere ricambiato. O succedeva di pomeriggio: d'un tratto un monitor cominciava a lamentarsi senza sosta e vedevamo entrare dottoresse che perentorie ci urlavano di andare fuori. Ci mettevamo pochi secondi a ritrovarci sui divanetti con la faccia tra le mani. Poi arrivava una culla di plexiglas opaca, aperta, in cui non interessava piú che entrasse aria o ossigeno. Le dimensioni erano le stesse per tutto, per le incubatrici e per le bare.

Abbiamo avuto confidenza con la morte, quella che imparano i soldati in guerra.

Io me la sono augurata a volte, che venisse a mettere fine all'angoscia, che arrivasse riconoscibile e chiara, senza piú dubbi né tentennamenti.

E questo pensiero viveva nello stesso spazio della speranza.

Cosí si rarefacevano gli amici, non per stanchezza o presunzione di potercela fare da sola, ma perché mi pareva, a guardare gli altri, di vedere il mio dolore sfocato in una sofferenza imprecisa. Per non affaticare nessuno li chiamavo a turno, sapendo che poi le notizie sarebbero corse veloci da un capo all'altro dei telefoni. Ma appunto: potevo solo parlare di notizie. Indicare parametri e lasciare che ne indovinassero delusioni o speranze. Quando un dato si infognava per troppi giorni di seguito, restando sempre lo stesso, senza lasciare intravedere cambiamenti o soluzioni, allora non c'era piú nulla da dire.

Avevo sufficiente intimità con i giorni normali per sapere che il nostro tempo dilatato e fermo non rispettava le ore frenetiche degli altri, che procedeva turnato nelle entrate e nelle uscite fino a sera, e poi, una volta a casa, si allungava lento in propaggini che dal mio balcone arrivavano fino a quel taglio di mare che riuscivo a vedere tra la parabolica del vicino e la cupola di Donnaregina. Restavo a fumare e la sigaretta faceva abbastanza male e la tramontana era abbastanza fredda perché io sopportassi l'idea che

Irene non avrebbe mai visto quello che vedevo io. Poi spenta la sigaretta chiamare chi? Per dire cosa? Quello che già tutti sapevano: io sola a casa, Irene sola in ospedale.

Nel dolore sono stata selettiva: ho scelto Fabrizio.

Molto spesso spegnevo il cellulare. Altre volte lo lasciavo squillare sui nomi che piú mi erano cari per dare un segnale di presenza che voleva incancrenirsi nella solitudine. Loro capivano, e anche a distanza riuscivo a sentire che attorno a me si era creata una sospensione dove prima c'erano state le confidenze delle sdraio in spiaggia, le bevute delle notti d'inverno, la tappa all'autogrill per l'ultimo caffè prima di tornare a casa. Sentivo che da qualche parte l'accoglimento continuava, eppure non ne sapevo approfittare. Un pomeriggio per caso incontrai Francesco al Gesú Nuovo dopo settimane che non ci eravamo visti piú, senza dirci nulla ci avvicinammo e gli rovesciai su una spalla tutto il dolore che mi dava rivedermi in una piazza e in un pomeriggio che sarebbero potuti essere quelli di sempre e che per un caso, per un precipitato di percentuali nella mia pancia e nei polmoni di Irene, non sarebbe mai piú stato lo stesso.

Mi invitavano. Stella mi chiamò per la sua festa di compleanno, e spuntarono macchine pronte a venirmi a prendere e riaccompagnarmi. Io aspettai tutto il giorno che si facesse l'ora di cambiarmi e truccarmi, e poi quando mancava un quarto alle nove la chiamai e le spiegai che mi faceva troppa fatica, e non avrei voluto piangere perché era una sera di festa, e proprio per quello piansi.

Se uno solo dei miei amici si fosse potuto alzare dal divanetto su cui stava seduto e, posato il bicchiere di vino e lasciata la musica alle spalle, avesse potuto venire in ospedale con me, superare la dogana della terapia intensiva e sentirsi per una volta almeno investire, al mio posto, dalla cautela professionale con cui la dottoressa mi stroncava il respiro a ogni bollettino, allora avrei chiamato. Ma la Legge recitava «solo i legittimi genitori», e l'unico altro essere sulla faccia della terra che avrebbe potuto fare a metà con me questa fatica non aveva tra i suoi libri o i suoi cromosomi *Il principio responsabilità*.

– Vivere la giornata e sperare nel futuro, – disse la dottoressa facendomi entrare in uno studio laterale dove c'era tutto il suo staff. Facce rassicuranti che due ore prima, in una culla con i vetri opachi, avevano mandato il piú debole dei gemelli di Rosa nella camera mortuaria.
– Stamattina abbiamo fatto a sua figlia un'ecografia dalla fontanella, abbiamo trovato un'emorragia.
– Dove?
– Intraventricolare. È una cosa molto comune nei nati pretermine.
– Che significa?
– Dipende: il sangue è in uno spazio cavo. Potrebbe fermarsi lí e assorbirsi. Oppure, se le pareti del cervello si sono dilatate... insomma: dirà la prima parola a dieci mesi? Camminerà a un anno? Signora saranno tutti progressi.
– E come lo sappiamo se si sono dilatate?
– Tra quindici giorni ripetiamo l'ecografia.
– Sí ma intanto cosa pensate di fare?
– Aspettare.
– Vabbè, quello lo posso fare pure io.
– Lei può anche sperare, signora.
– No, guardi, lei faccia il suo lavoro che io faccio il mio. E lasciamo i preti a fare il loro.
– Lei adesso ci odia, ma è normale.

– No, è diverso: voi dovete imparare a parlare di quello che sapete. *Odiare, sperare*, ma che parole sono? Ma la vogliamo finire o no? Imparate a usare solo il vostro lessico. Quando usate quello, e scusi se piango, che questo non vi deve far sembrare quello che dico meno vero, anche voi, scusatemi se piango, ma quando usate solo il vostro lessico, si chiama *specialistico*, allora non siete mai ridicoli.

Il dottorino guardava da un'altra parte. Sentivo i suoi occhi blu confondersi con gli aghi dei pini oltre la finestra.

– Le volevo dire che noi molte cose non le sappiamo. Che è presto per saperle, che c'è una fascia di indeterminatezza: come dire, signora: una camera vuota, in cui non sappiamo cosa succederà.

– Capisco, buon lavoro.

Vivere la giornata e sperare nel futuro. Per me era impossibile, non avevo pratica.

Io facevo dei viaggi interminabili verso nord, quando ero bambina. E c'era un tratto, dopo Caianello, in cui l'autostrada saliva, manco tanto, ma dritta davanti alla nostra Centoventiquattro verde, cosí che io potevo guardare in su per un paio di chilometri, e in cima a tutto vedere le altre macchine. Insomma c'erano due punti: uno ero io adesso, e uno erano le macchine là sopra.

In quell'attimo io pensavo che non ce l'avremmo mai fatta ad arrivare là sopra.

Non era un problema di macchina. Mio padre riusciva a tirare la Fiat, piú mia madre che trasbordava dal seggiolino, piú me che sudavo sui sedili di plastica, piú tutti i chili di mozzarella che portavamo a mia zia a Torino, come se stesse guidando una Lamborghini.

– Quella la macchina si rovina sulla merda di quella città di merda, mica in autostrada. L'autostrada le fa bene alla macchina, – spiegava a mia madre, che restava tutto il tempo con il braccio destro appeso alla maniglia come sul tram.

Lei era riuscita a prendere la patente, ma non aveva mai superato il vicolo di casa, perché la prima volta che ci aveva provato, con il foglio rosa e mio padre affianco, lui aveva visto la lancetta dei giri vibrare come una slot machine e le aveva detto:

– Ma vogliamo fare tutta la città in prima?

Cosí lei aveva cambiato marcia e aveva grattato, allora papà aveva tirato il freno a mano come a volerlo staccare e le aveva aperto lo sportello da dentro:

– Scendi: non è cosa per te.

Mamma non sembrava esserela presa a male: era convinta che non fosse una cosa per lei, e voleva imparare solo per accompagnarmi a lezioni private di greco, visto che avevano fatto quasi i debiti per accontentarmi e lei se ne andava vantando con le sorelle di mio padre. E forse le sarebbe piaciuto andare al supermercato in cui sfociava la nostra provincia, e che aveva un parcheggio facile e grande davanti.

Ma mia madre era una donna che sapeva con certezza che finché ci fosse stato un marito, quel marito l'avrebbe accompagnata. E che finché fosse stato vivo, quel marito ci sarebbe stato.

Mia madre non si chiedeva il «come» delle cose: lei avrebbe capito il discorso della dottoressa meglio di me, avrebbe pensato alla giornata senza chiedersi niente fino all'alba successiva, e alla sopravvivenza di Irene senza paura dei danni.

La consequenzialità si sviluppava su un piano esistenziale: il danno c'è previa la sopravvivenza, quindi fondare quella, poi andare avanti. Domani viene solo se passa oggi, quindi assumere oggi, poi andare avanti.

Vivere la giornata e sperare nel futuro. Il resto non contava, o contava poco, e comunque collegarlo al passato sembrava un virtuosismo: lei neppure ci pensava piú all'episodio della patente quando la prima volta che mio padre si piegò in due nella tosse del cancro gli disse:

– Vedi di non sentirti troppo male, che in ospedale ti ci devi portare da solo.

Alla radice di quella salita in autostrada io ero in uno stato di attrazione e tensione, come i curiosi quando si sporgono troppo da un parapetto:

– Mi sembra che lassú non ci arriveremo mai.

– Ma come no? – faceva mio padre. – Mo prima della salita riprendo pure la Golf rossa.

– Che dici, Maria? – mia madre si girava preoccupata. – Perché non ci dovremmo arrivare? Ci siamo sempre arrivati. Ci arrivano tutti...

Lei sentiva che il problema era un altro, che era un problema di testa, non di logica, e mi dava risposte ovvie per soffocare l'imbarazzo e il senso di fallimento che sempre provano le madri quando cominciano a intravedere da lontano l'infelicità dei figli. Infatti io rispondevo:

– Lo so, – perché lo sapevo bene, ma l'impressione restava uguale.

A mio padre il cancro non costò molta fatica: per lui era stato peggio finire in cassa integrazione, e poi a casa prima del tempo, troppo in anticipo sulla pensione.
 – Ce ne dovevamo andare a Torino, come mia sorella.
 – Perché non ce ne torniamo a Napoli? – tentavo io, con il miraggio della grande città lasciata a trenta chilometri, eppure ormai persa.
 Ma mia madre mi guardava male, come a dire «Non ti ci mettere pure tu», e provava la sua strada, quella di sempre:
 – I sindacati non possono fare niente?
 Lui la disprezzava, un poco come gli uomini disprezzano le donne quando si sentono impotenti, e un poco perché disprezzava i sindacati e i comunisti del partito. Era uno sanguigno, non lo si poteva far ragionare: se smetteva, smetteva.
 Aveva smesso di essere fascista a dieci anni, nel cortile della scuola, quando passando davanti al tricolore un giorno qualunque del 1938 il suo compagno di banco gli aveva infilato una biglia nei pantaloni, e lui aveva riso.
 Il maestro allora l'aveva trascinato per venti metri tenendolo per il colletto del grembiule, l'aveva portato in presidenza, avevano organizzato un processo alla men peggio, ma che somigliasse a un tribunale militare anche se c'erano maestre e segretari, e poi avevano fatto chiamare sua madre.
 Davanti a lei era stato finalmente picchiato, ma non era questo il problema: quello che mio padre non perdonò mai ai fascisti fu che mia nonna dovette chiedere scusa a tutti, perché suo figlio aveva oltraggiato la bandiera.

E aveva smesso di essere comunista quarant'anni dopo.
Avevo la febbre e un'intera settimana di festa da scuola per andare a trovare la zia a Torino. Viaggiavo tutta avvolta in un plaid, stesa sul sedile di dietro, perché non solo la febbre, ma quel marzo proprio faceva saltare le unghie dal freddo. Io ricordavo questo: il freddo.
Poi la diagnosi certa, all'uscita di un autogrill:
– Antò, questa tiene la varicella.
Mentre facevamo rifornimento la macchina si riempiva di puzza di benzina *normale* che mi dava la nausea. Io stavo sotto il plaid, pensavo alla varicella e al giorno in cui avrei avuto, io, una macchina che andava a super, io sarei stata una donna che guidava. Immaginavo l'omino con la tuta blu chiedere: «Normale?» E io rispondere: «Super».
Quel giorno, al distributore, insieme alla puzza di benzina iniziammo a sentire il rumore di un elicottero. E mentre procedevamo spediti verso Torino sempre sulla corsia di marcia, senza sorpassare mai nessuno, e mia madre diceva «Io a questa, finché non si rimette, a casa non me la riporto», il rumore delle pale dell'elicottero si fece sempre piú forte, sempre piú forte, poi fu superato da due macchine della polizia con le sirene accese che ci strinsero sulla destra. E mio padre, per non farsi strisciare la Centoventiquattro che aveva fatto pulire apposta per andare a trovare sua sorella, rischiò di finire nel burrone.
Ricordo di avere sbirciato, da stesa, l'ombra dell'elicottero su di noi e poi, riafferrata dalla febbre, di essermi addormentata con la testa sotto il plaid: avevo rivisto il tettuccio della macchina solo nel momento in cui un poliziotto mi strappava via la coperta dalla faccia e mia madre indispettita diceva:

– Mia figlia. Maria. Ha la varicella.
Il poliziotto si era ritratto, e forse si era anche pulito la mano sulla divisa, poi comunque, giusto per far vedere, aveva dato un'occhiata nel portabagagli. Prima che bucasse la busta, mia madre, con la stessa voce, aveva suggerito:
– Mozzarella.
Alla fine se n'erano andati, sempre con le sirene accese, ma prima mio padre aveva avuto il tempo di chiedere:
– Che state cercando?
– Hanno rapito Moro.
Per un buon quarto d'ora in macchina si fece silenzio, come se la cosa ci avesse riguardati personalmente, come se da qualche parte quella cosa stesse mettendo a repentaglio le nostre vite, la nostra trasferta a Torino, il mio ritorno a scuola. Finché mio padre disse: – E io, poi, se avevo rapito Moro, me lo tenevo steso sul sedile di dietro sotto un plaid? – e mise fine al pensiero collettivo.
Al primo svincolo uscimmo e tornammo indietro.
– Antò che fai?
– Maria ha la varicella, che gliela andiamo a portare ai miei nipoti?
Lei non rispose niente, ma sapeva che il motivo non era quello, e per tutto il viaggio di ritorno si tormentò le mani.
Mio padre ci lasciò a casa, ebbe giusto il tempo di scaricare le valigie sul pianerottolo:
– Mangiati la mozzarella e chiama il dottore. Io non so quando torno.
Tornò dopo due giorni e molti turni di guardia in fabbrica, al Comune, nelle scuole.
– Ti devi stare attento.
Fu la prima cosa che lei gli disse quando lo vide con la barba lunga e tanto stanco da non tenersi in piedi.
– Stai tranquilla: è finito. È finito tutto. Il partito ha vo-

lùto la presenza, e io gliel'ho data. Ma il momento era questo, e mo è passato. È finito tutto.

La sera, molto tardi dopo cena, mio padre incontrò un suo amico che non avevo visto mai, parlarono di tempi lontanissimi, di armi, della guerra, poi stracciò la tessera del partito e poi gli vidi fare una cosa nuova. Si mise a piangere, e continuò a lungo senza fare manco un rumore, come piangono gli uomini. Io andai a letto e pensai che doveva essere molto stanco.

Quando tornai a scuola dopo la varicella mi dissero che erano stati giorni strani, di attesa profonda. Che le quinte non erano entrate, e i professori avevano lasciato i miei compagni a fare lunghi compiti in classe perché non c'erano mai. Poi non era successo niente, e tutto era ricominciato lí dove si era fermato.

Il dottorino mi raggiunse nel viale, sotto la pioggia, mentre mi avviavo alla metro. Mi offrí l'ombrello e una canna.
– Non aspetta il prossimo turno di entrata?
– Sono stanca.
– Non dorme bene?
– Dormo bene, ma poco: mi sveglio alle sei.
– E che cosa fa?
– Dammi il tu, e passa.
Passò.
– Che cosa fai alle sei?
– Penso.
Ripassai.
– Penso a quello che mi disse il ginecologo la sera che mi ricoverarono. Disse: *la bambina nascerà sicuramente vi-*

va, ma potrebbe morire subito, o sopravvivere con gravi handicap, oppure stare bene, lei lo sa?*
Passò.
– E tu che hai risposto?
– Quello è il punto: io la mattina alle sei correggo la risposta. Vabbè, mo devo scendere a prendere la metro, ciao.
– Ciao... ah, scusa, passa: tanto in metro non te la puoi portare.

– Lei lo sa?
– Io non lo so, ma non lo sai nemmeno tu. C'è qualcuno che lo sa?

– Maria, tu che lavoro fai?
Riemersi da una specie di sonnolenza salutare nella quale mi stavo avvolgendo e che forse la psicologa, passando davanti ai divanetti, aveva scambiato per contrizione.
– Insegno. In un centro di educazione territoriale, una scuola serale.
– Fai un bel lavoro.
– Sí, è un bel lavoro, – ammisi, e poi mi sarei dovuta fermare perché la mia risposta l'avevo data, invece andai avanti, piú per sport che per rabbia. E non perché non avessi rabbia, ma perché sapevo che anche quella stava scritta in uno dei manuali su cui la psicologa aveva studiato.
– L'ultima cosa che ho spiegato prima di mettermi in maternità è stato Dante.
– Cosa?

– Un canto dell'*Inferno*. Quando arrivano al castello che sta nel limbo, Dante chiede a Virgilio: «E ma per queste anime ci sta speranza, che non hanno fatto niente?», e Virgilio capisce che Dante non è proprio quella la domanda che gli vuole fare, e risponde al suo *parlar coperto*.
– Cioè?
– Cioè Virgilio capisce che Dante è per lui che si sta preoccupando, vuole sapere se si salverà, e allora gli racconta tutto il fatto del giudizio universale. Stammi a sentire, io non ho bisogno di spostare l'attenzione da Irene al lavoro che faccio. Anzi voglio rimanere concentrata, avvinghiata a questo divanetto. Sí, faccio proprio un bel lavoro, e in questo momento non mi serve a niente. Il lavoro continua a essere bello, ma una cosa non compensa l'altra, non c'è compensazione possibile. Capisci?
– Sí, però non siamo fatti a compartimenti stagni, le cose vanno insieme, esistono insieme in te.
– *Te*. È questo concetto che va ridefinito, e per ora non ce la faccio, non voglio, non ho la forza. Diciamo che mi sto facendo un punto d'onore del sopravvivere.
– Io ti volevo solo chiedere se vuoi far fare a Irene un poco di musicoterapia...
– Ti offendi se ti dico che non ci credo?
– No.
– Ti offendi se ti dico che a fronte di cortisoni e antibiotici e ossigeno mi sembra veramente una stronzata questa della musicoterapia, e che anzi mi sono veramente rotta di questi esperimentucoli da scuola di specializzazione?
– Io non lo sto proponendo a te, lo sto proponendo a tutti, e non per voi genitori ma per le vostre creature. Se lo facciamo è perché le statistiche ci dicono che serve, che aiuta.

– E cosí poi ci finiamo anche noi nelle statistiche, giusto?
– E se queste statistiche possono costituire un tassello per il futuro a te ti fa schifo?
– A me del futuro degli altri non me ne fotte niente. Io voglio che Irene viva, me ne importa solo di questo. Anzi, io non lo so neanche se voglio questo, voglio che questo incubo finisca presto. Chiaro?

Poi senza dire niente, e per una volta senza sorridere, mi passò due-tre fazzoletti in successione. Perché avevo cominciato ad asciugare gli occhiali sul divanetto e il naso sulla manica.

Quando mi fui riassorbita concordammo un appuntamento per il pomeriggio seguente.

Io possedevo da sempre un'arroganza di fondo. Quell'arroganza mi era venuta dalla fabbrica. Dalla sua catena di montaggio uscivano due modelli che si sviluppavano insieme e si intrecciavano senza darsi noia. La fabbrica non inghiottiva solo chi ci lavorava, ma anche chi campava di essa, chi aspettava la fine dei turni e le sirene per costruirci attorno la giornata, una giornata dopo l'altra. Crescere figlia di operaio negli anni Settanta, e poi proprio per questo studiare, intestardirsi sui libri, diventare la generazione dello scarto intellettuale, erano cose che davano una certa arroganza. Perché a vedermi da fuori io lo sentivo, di essere la prima persona della famiglia che non avrebbe avuto le braccia corrose dal succo di pomodoro.

Però, perché questo fosse possibile, qualcun altro era rimasto a fare gli straordinari per cinquecento lire all'ora.

Mio padre non aveva mai smesso di considerarsi un uomo intelligente, chiamato a ogni ora dai colleghi per mettere parola su una vertenza o per organizzare una protesta, però sapeva che questa sua intelligenza al servizio di una catena di montaggio era l'unico modo che la vita gli aveva concesso per lasciare a mia madre i soldi della spesa e a me quelli degli studi. Lui, loro, avevano voluto darci una possibilità che poi, dopo essersi manifestata come un peso, si era rivelata una protezione quasi nulla di fronte ai casi della vita. Eppure queste cose c'erano, il dono e il peso, l'arroganza e la possibilità, e procedevano insieme lungo il nastro trasportatore.

Insomma quella catena di lavorazione della conserviera, aperta in agosto giorno e notte per non dare tregua al raccolto, quelle cisterne tenute a ribollire per la pastorizzazione, erano sí il punto da cui partire per allontanarsi, ma anche quello da cui partiva tutto.

Non mi ero convinta che somministrare una musica in una pessima qualità di registrazione, oltre la plastica dell'incubatrice e il concerto dei monitor, servisse a qualcosa. Era proprio il contrario. Poiché nulla serviva, e nulla mi era dato di fare, allora avrei potuto fare tutto.

Stavamo in una stanzetta laterale dell'edificio, in una condizione di semisilenzio: montammo prima il concerto a Colonia di Keith Jarret e poi *Because the night* di Patti Smith, poi dovevo venire io. Non ero imbarazzata dalla presenza della psicologa, né dai gruppi di supporto che mi precedevano in scaletta, e che mi ero scelta.

Fuori dalla finestra si apriva un pomeriggio glorioso che bagnava le pendici del Vesuvio, senza toccarci. Un pomeriggio troppo azzurro e lungo per me: mi accorgevo di non avere piú risorse senza di Irene. E allora, potendo, avrei preso un treno per raggiungerla. Però il treno dei desideri, nei miei pensieri camminava all'incontrario.

Quando rialzai gli occhi dal microfono mi accorsi che quelli della psicologa erano umidi. In genere gli psicologi sorridono, e quel sorriso è funzionale, significa che la tragedia enorme che gli stai srotolando davanti in fondo non è cosí enorme come sembra. Quando uno psicologo piange forse vuol dire che sta partecipando, ma sicuramente non è rassicurante.

– Lo so che sono stonata, ma non pensavo fino a questo punto.

– Ma no, è stato bello, ecco.

– Ma io non mi preoccupo per te, mi preoccupo per Irene: mica le farà male?

– Stai tranquilla: i bambini della terapia intensiva non ricordano nulla. L'unica cosa che gli resta è un dolore sordo al tallone, da dove gli fanno i prelievi. Un'ipersensibilità.

Fuori la porta c'era Mina che aveva origliato e mi aspettava ridendo:

– Mi sa che oggi offri tu.

– Scema, mo tocca a te, voglio vedere che sai fare.

– Io cantavo nel coro della chiesa.

– E fagli una bella *Ave Maria*, va'.

– Ma tu che hai cantato?

– Non hai sentito?

– Sí, ho sentito, ma come l'hai cantata tu poteva essere qualunque cosa.

– Era *Azzurro*.

– Celentano...

– Veramente Paolo Conte.

– E chi è?

La prima madre e suo figlio stavano per essere dimessi. Il bambino era un gigante rispetto ai nostri, troneggiava nella sua culletta di plexiglas. Non era nato prematuro: aveva dovuto fare quaranta giorni di metadone per disintossicarsi. Tra le infermiere era un reietto: era uno di quei casi in cui non era cosí scontata la partecipazione. E sua madre era una reietta tra le madri, perché arrivava ondeggiando un poco avanti e indietro, e quando teneva il figlio in braccio le palpebre le si abbassavano senza che lei lo volesse.

Fuori, come avvoltoi, sentiva volteggiare i servizi sociali.

Noi avremmo voluto essere dimesse e lei voleva restare: lo spazio della terapia intensiva era tutto quello che il mondo le concedeva per tenersi suo figlio sul petto. Ogni tanto si piegava in due sulla cicatrice della coltellata che il suo uomo le aveva sferrato in corsia dopo il parto. L'umanità che aveva intorno si era galvanizzata mentre entravano tutti quei poliziotti, ma lei non aveva sporto denuncia e lui dopo il fermo era tornato a trovare suo figlio. I medici ora proteggevano quel residuo di responsabilità che l'eroina gli lasciava a tratti, gli altri padri controllavano con lo stesso impegno di avere ancora il cellulare in tasca, quando lui arrivava, e che non alitasse troppo vicino alle incubatrici dei loro figli.

Il rapporto tra i bambini e l'eroina era muto: tutti avevamo visto, negli autobus che scavalcavano calata Capodichino per andarsi a perdere nella periferia nord, figli aggrapparsi a padri che non avrebbero avuto mai piú la forza di reggerli.

La prima madre prese suo figlio in braccio e lo portò a vedere il sole, come qualunque madre. La seguivano lo sguardo compreso del dottorino, i protocolli del primario, e molti sospiri di sollievo.

– *Lei lo sa?*
– *La tua non è una domanda e non stai aspettando una risposta.*

Quaranta giorni sono troppi per non saper respirare. Avrei voluto essere generosa e benedire le altre creature che abitavano la terapia intensiva: benedire i loro polmoni autonomi, lo sforzo affannato del loro torace. Ma non ci riuscivo: ero invidiosa dei bambini che respiravano, invidiosa delle loro mamme, che avevano il coraggio di infilare i cellulari oltre l'oblò e fotografare. Poi mandarne piccole cartoline in giro per i display degli amici, come a dire: «Sto arrivando». Io non potevo.

Io in un pomeriggio dei miei quindici anni avevo studiato geografia astronomica ed ero andata a prendere otto, il primo del quadrimestre. Sapevo che quando respiriamo l'atmosfera della terra, tiriamo dentro il corpo una miscela con il 21% di ossigeno. E la macchina di Irene segnava ancora 50.

Ora cercavo di bilanciare la mia percentuale di ossigeno annebbiandola con il tabacco combusto, non mi spaventava essere salita a trenta sigarette al giorno, era giusto, ci stavano tutte, però ancora non bastava e allora quando mi trovai a scuotere il pacchetto per soppesarne un numero e decidere se tornare dal tabaccaio mi cercai gli spiccioli in tasca, e oltre gli spiccioli, in tasca, ci dor-

miva il telefono. Lo accesi, senza pensarci troppo, come se non mi rimanesse scelta.
Semplicemente contattai la preside, poi mi alzai e tornai a lavorare.

Trovai la classe in attività frenetica, il programma galoppava oltre le aspettative e verso l'esame finale. Christine non aveva fatto i compiti per sé perché non aveva tempo, ma aveva aiutato sua madre con l'esercizio dei pronomi: Christine era iscritta contemporaneamente al primo anno di università a Mosca e al primo superiore in Italia, aspettando un concordato tra due Europe vicine che sottolineavano la loro distanza storica a colpi di burocrazia. Erano due donne molto belle: in loro onore Gaetano aveva appena finito *Le notti bianche*, e aveva anche imparato a scrivere Dostoevskij in cirillico alla lavagna.

Fabrizio mi aveva sostituito in qualche lezione e ne era nato un mutuo soccorso di conoscenze tra gli studenti di italiano per stranieri e i candidati alla licenza media: Anna, una delle piú brave, chiedeva ai colleghi italiani se il partitivo in una frase andava posposto. Loro, senza sapere cosa fosse un partitivo, a orecchio le rispondevano quello che gli suonava meglio e alla fine Anna spiegava a me e a tutti gli altri che non si ricordava dove, ma aveva letto che tutte le preposizioni posposte erano un residuo delle declinazioni latine. Anna lavorava in un pub, parlava cinque lingue, e guardava tutti da un abisso sincero di superiorità: fatti due conti aveva capito che le conveniva prendere la terza media ex novo, piuttosto che aspettare le procedure di convalida dai Consolati.

Solo una volta, in tutti gli anni che ricordavamo, con tutte le riforme e i cambi di governo che a noi sembravano non toccarci mai, solo una volta eravamo riusciti a far riconoscere una laurea in Fisica a un'allieva che l'aveva conseguita, cum laude, sulla riva sinistra del Paraná. Fabrizio l'aveva aiutata a tradurre tutti i programmi di tutti gli esami argentini in italiano, poi erano partiti insieme verso il Politecnico di Torino che, come un porto franco dell'ingegneristica, viveva di uno statuto proprio. Lí, dopo altri quattro esami e la discussione di una tesi che sembrava un discorso alle Nazioni Unite, aveva ottenuto la sua laurea italiana.

Sui muri dell'aula, tutt'intorno e alle mie spalle, c'era una successione di lavoretti dei bambini che frequentavano alla mattina: una tavola pitagorica, varie bandiere di varie nazioni, un padre Pio defilato, e tabelloni con il facsimile di un'intervista televisiva. Qualcosa di anticamente avveniristico, sul tipo: facciamo il giornalino di classe. Poi c'era un'enorme cartina dell'Europa politica, che a proposito delle repubbliche socialiste non andava troppo per il sottile: ne faceva un'unica chiazza rosa da Tito a Deng Xiaoping. Io e Fabrizio avevamo discusso a lungo, quando ci avevano assegnato le aule, se quella mappa fosse piú offensiva o piú surreale. Poi avevano aggiunto il padre Pio e avevamo dovuto pensare ad altro, però a volte succedeva, durante una lezione, che un concetto fosse capito prima da Anna che dagli altri, e allora lei, che odiava perdere tempo e programma per la lentezza dei compagni, ci chiedeva di spiegare la cosa in lingua madre. D'improvviso, davanti ai nostri occhi, scomparivano Ucraina, Bielorussia e Kazakistan, e si ricomponeva l'Unione Sovietica, nella canzone palatale di una lingua che a me ricordava allo stesso modo la morte di Ivan Il′ič e quella del compagno mio padre.

Gaetano mi disse che Luisa non sarebbe venuta piú:
– Le è arrivato un arretrato. Una multa per una tassa sulla spazzatura che non aveva pagato: quattromila euro tondi tondi, e deve andare a lavorare pure il pomeriggio.

A volte succedeva, piú spesso con gli stranieri. Fabrizio viveva continuamente distacchi strazianti accompagnati dai regali piú vari: una cassetta di pomodori san Marzano finita di cogliere tra le urla dei caporali appena dieci minuti prima di raggiungere scuola, un'icona che aveva aspettato lunghi anni in un cassetto prima di sentirsi pronta a tornar fuori, una scatola di cioccolatini Perugina, quella con il cartone piú dorato. Non c'erano mai biglietti, ma sempre saluti di amici degli amici, e dietro i nostri, di saluti, c'erano insieme paura e speranza: che quell'allontanamento fosse un trasferimento in un'altra scuola, e che quel viaggio a non incontrarsi piú potesse significare un lavoro migliore, un buon partito da sposare, il ritorno a casa.

Con gli italiani delle centocinquanta ore era piú difficile: c'erano dinamiche assurde che li portavano in classe. Avevo avuto come alunni conducenti d'autobus che guidavano una stessa linea avanti e indietro da mezzo secolo, e ora per continuare a farlo dovevano adeguarsi alla nuova legge, giovani casalinghe che volevano aiutare i figli nei compiti a casa, uomini e donne che cercavano riscatto da un passato che aveva scelto altrimenti, senza consultarli. E ultraventenni che avevano già scaldato il banco a dodici anni e che tornavano a scaldarlo adesso. Resistevano tutti a lungo, e piú degli stranieri: se non altro erano ore pagate, permessi concessi a priori.

Ma anche io sapevo di combattere la mia battaglia non tanto contro l'ignoranza, bensí contro il tempo che scappava e aveva lasciato i miei alunni senza aver letto quella pagina che avrebbero trovato grandiosa, contro il tempo che li chiamava dai loro figli, dai loro consorti, nelle loro case, nei loro lavori, e che di loro stessi non voleva restasse traccia.

Con gli anni si affinavano le tecniche: ora distribuivo fotocopie ed esercizi all'inizio della lezione, prima che uno stillicidio di impegni minimi e costanti me li portasse lontano dai banchi.

– Gaetano?
– No, Luisa sono la prof: ti sto chiamando da scuola con il telefono di Gaetano. Ti vengo a trovare piú tardi, da che parte di Ponticelli stai?
– Fino alla piazzetta dell'abbeveratoio ci sai arrivare?
– Qual è?
– Quella dove succedono tutte le sparatorie...?
– Ah, sí, e poi da là?
– E poi da là ti devo venire a prendere io, se no non ci arrivi mai.

Con il motorino mi feci tutta via Marina e arrivai a San Giovanni. Poi all'altezza del Gs girai a sinistra e mi trovai sulla residenziale. Entrai in una nuvola gialla, che è l'atmosfera luminosa di Napoli quando si riflette nell'umidità del mare, e lí capii che ricordavo male: la città non finiva negli spazi contenibili delle strade conosciute, e non potevo piú ricondurla all'immagine che ne avevo avuto dalla provincia. Continuava, continuava sempre lungo una serie di lotti immobili nel niente. Si arrampicava sui cavalcavia i cui svincoli servivano solo a buttarci frigoriferi vecchi e mobili sfasciati, tracimava nelle sterrate senza negozi e senza fermate d'autobus. Aspettava di arrivare a San Giorgio a Cremano per trovare un limite, ma intanto era Ponticelli, ed era Napoli. Si erano mangiati la campagna, ci avevano giocato alle costruzioni, e si erano dimenticati tutto il resto, perché la città aveva avuto figli, e non si era spaventata né per il vulcano né per il terremoto e adesso aveva bisogno di un posto dove andare a dormire. Quando mi fui persa abbastanza chiamai Luisa.

Cellulari alla mano ci incontrammo sullo spiazzo senza nome di un caseggiato invisibile ai satellitari come al TuttoCittà, lei mi precedeva con la macchina: quando imboccammo il lato lungo del *lotto zero* un presidio di spaccio ci fermò. Luisa fece segno che stavo con lei, io per tranquillizzarli mi tolsi il casco, e passammo oltre.

Dall'ottavo piano senza ascensore della casa di Luisa, la topografia prendeva forma, e si riusciva a intuire un disegno primigenio dei lotti, che non aveva saputo tenere conto dei muri e dei cancelli che la camorra avrebbe costruito a limitare gli accessi. La prima fermata d'autobus era a cinquecento metri sull'unica strada asfaltata e illuminata: da lí, con due cambi di linea e un paio d'ore di anticipo, le figlie di Luisa raggiungevano il liceo e l'università a cui erano iscritte.

Eravamo in un cuneo con cui la città si andava a conficcare nell'hinterland rurale, Cercola, Volla. In fondo, oltre la cortina delle case popolari di San Giovanni, da qualche parte ci doveva essere il mare.

Luisa mi indicò un viavai composto e rapido di topi sul tetto di un container:

– Ti rendi conto? Già ci stanno le zoccole: quelle dovrebbero uscire verso giugno-luglio.

– Sarà il caldo.

– Nooo, è proprio che sono assai. Io me ne accorgo da

come guardano: quando una zoccola ti guarda in faccia e non se ne scappa, la situazione è grave.
  Ci accendemmo una sigaretta.
  – E non te la possono rateizzare, questa multa?
  – E quando pure me la dividono? Scusa, se io sono andata a filo a filo fino a mo, come me la metto una rata?
  – Ma tu te lo ricordi, di non averla pagata, la tassa?
  – E me lo ricordo sí: la grande doveva iscriversi all'università. Io che dovevo scegliere?
  – Non ha gli esoneri?
  – Ce li ha: tu prima paghi, poi loro ti guardano il 740 oppure la media degli esami, e ti rimborsano. Però tra marzo che io pago, e settembre che loro mi rimborsano, gli usurai si sono già fatti sei volte il trenta. Perché io lo conosco da quando eravamo piccoli, che mi fa il trenta...
  – Mi dispiace...
  – Vabbè, Maria, che fa? A me che mi serve la terza media? Io lavoro in nero, era uno sfizio mio.
  – Appunto.
  – È stata pure la storia della televisione che ci ha rovinato a noi, comunque.
  – Perché?
  – Qua è pure difficile trovare nuovi lavori, a questo momento. Hanno fatto vedere per due mesi solo morti ammazzati di questo quartiere? E i *signori* mo si mettono vergogna a chiamarci.
  Io ero andata da Luisa in missione. Volevo fare la maestra di frontiera, la professorina condotta. Invece iniziai a piangere.
  – Perché questa bambina non respira?
  – I polmoni non sono ancora pronti, non avere fretta.
  – Luisa, non è la fretta, è tutto.

– Lo so, tieni ragione. Se non tieni ragione tu, figlia mia, chi tiene ragione?

Me ne andai sapendo che non l'avrei vista per molto tempo, o per sempre. Sul motorino costeggiai per un lungo tratto il *parco tecnologico*, un'ex villa comunale piena di araucarie storiche e chiusa da quando negli anni Ottanta degli architetti burloni l'avevano circondata di mura strane, merlate come un castello e colorate come i pezzi del Tetris. Il nome gliel'avevano dato i tossici, che vedevano le costruzioni deformarsi nella tachicardia del crack. Mi trovavo nell'assurda condizione di attraversare la piú grande piazza di spaccio d'Europa, essere disperata, e non sapermi accostare a nessuno.

Con una sensazione addosso di stupidità e codardia raggiunsi il mio comodino, e il Lexotan che mi coccolò finché il ricordo del ginecologo, puntuale all'alba, non venne a svegliarmi.

– *Lei lo sa?*
– *Non lo so e non lo voglio sapere. Io non voglio, io non posso ammettere che mia figlia abbia meno possibilità di me.*

Qualche volta la domenica scappavo.
Era l'unico giorno concesso ai parenti dei bambini per varcare la soglia della terapia intensiva, e dalle 14 alle 15 sfilare dietro il vetro che cingeva la zona asettica. Lí pote-

vano fare tutto: tarare le macchine fotografiche perché il flash non sparasse, salutare manine inermi avvolte dai fili, indicarsi l'un l'altro i led luminosi dei monitor, o l'incubatrice del proprio nipote tre incubatrici piú in là. O commuoversi. O sperare, o mandare baci.

Si vestivano bene, come ci si veste la domenica quando si va in visita a casa di amici o al museo di Capodimonte, le donne si truccavano. Appoggiavano le mani ai vetri e dentro ci arrivava tutto un tintinnare ovattato di fedi nuziali, braccialetti e orologi subacquei. Quando l'orrore raggiungeva lo zenit, intorno alle 14.30, bussavano anche, con le nocche, per richiamare l'attenzione di quella o di quell'altra mamma che si era distratta e stava controllando che il figlio respirasse ancora. Ancora quest'altro minuto.

Io e Mina mettevamo un lenzuolo sulla nostra incubatrice, e ci nascondevamo. Restavamo anche un'ora in ginocchio cosí, con il naso dentro l'oblò, a farci difendere dai nostri figli non ancora nati e a sperare che l'ora passasse veloce. Anche le madri che avevano potuto portare in trionfo le loro creature al centro della stanza, fino a dove i fili e i tubi glielo permettevano, nell'ultimo quarto d'ora cominciavano a dare segni di disagio. Chiamavano le infermiere:

– Ma mo li volete far uscire? Tra poco finisce il turno e devo dare la poppata...

Perché anche i bambini che mangiavano già in braccio inciampavano tra la suzione e la respirazione, e diventavano blu, poi bianchi, poi passavano dei secondi, tanti, pochi, fermi, in cui le infermiere intervenivano con l'ossigeno. E noi restavamo mute, concentrate, ognuna a guardare solo dentro il proprio oblò, senza pensare a niente e tendendo l'orecchio. Finché un pianto strozzato tornava a sciogliercci i pensieri, e allora, recuperato il bambino, bisognava recuperare la madre. E quando questo capitava di domenica, gli accorati parenti al di là del vetro si chiamavano, dalla terapia *intensiva* alla *sub-intensiva*, dalla *sub-intensiva* alle *pre-dimissioni*. Si chiamavano veloce, ché il dramma si stava consumando proprio ora e lí, e anche se quello era vetro, dietro non c'era un tubo catodico ma bocche che annaspavano, e poi menomale: si poteva andar via tranquilli, che il reparto aveva funzionato. Forse a casa c'erano ancora i piatti da lavare, e una zia vecchia che riposava sul divano. O una buona programmazione al Filangieri. Però ad andare, in ospedale, ci si doveva andare, se no la coscienza non stava tranquilla.

Il dolore al di là del vetro non passava. Di questo sono sicura: lo leggevo negli occhi curiosi, nelle espressioni avide con cui guardavano i piú piccoli, quelli che sussultavano come larve sotto la pressione del tubo d'ossigeno. Se gli occhi si inumidivano era per la tensione della Wunderkammer. E noi dentro eravamo esperimenti di medici come stregoni, mani infilate negli oblò a riportare in vita ciò che avevamo partorito. Eravamo buttati in un ghetto, e nessuno di noi aveva la parola giusta da mettere in bocca al suo Golem.

Scappavo. Mentre uscivo mi sentivo rincorrere dai discorsi, ma comunque stavo già scappando, non dovevo né rispondere né rifletterci. Ero già quasi salva. Mi lasciavo sulla sinistra le scritte dei giovani padri sui muri, dopo le attese oltre la porta della sala travaglio: date di nascita di bambini il cui tempo era uno, la cui anagrafe corrispondeva all'età. Me le lasciavo sulla sinistra, le perdevo, ed ero fuori. Allora prendevo un treno e andavo verso nord, o verso sud, dove c'era una mostra, o una trattoria della Rough Guide, o un'ansa di mare che non avevo mai avuto il tempo di vedere.

Durante la settimana il solo aprire il giornale, riuscire a connettere un titolo con qualcosa di reale, che pure stava accadendo, trovare in cartellone il nome di un film francese: solo questo mi accendeva una bolla di tranquillità, per un attimo, nel petto. Anche se non avrei mai visto quel film francese, perché a sera non avrei avuto il tempo o la forza, eppure quel film c'era, e c'era in una sala della mia città, e io, tra tanti, l'avevo riconosciuto. Mi ero riconosciuta. C'era qualcosa che mi piaceva e mi restituiva identità.

A volte, in un caffè dall'altro lato delle Scuderie del Quirinale, o alla trattoria sotto il pergolato da cui si vedevano bene i faraglioni, c'era qualcuno a farmi compagnia. Un vecchio amante o un vecchio amico, raccolti nelle agende e allertati, che servissero al loro scopo: di accompagnarmi nel tempo in cui dormivo, scopavo, e prendevo anche tre caffè di seguito, se non trovavo subito il barista bravo.

Altre volte andavo e rimanevo sola, un quadro più di un altro mi assorbiva, e io restavo a farmi assorbire senza fretta. Mi sembrava di vederci meglio, sapevo anche che doveva essere una distorsione percettiva, ma me la tenevo. Un Cristo di Antonello da Messina mi mostrò l'Uomo. E l'uomo era proprio così.

Nel viaggio di ritorno mangiavo l'ultimo tramezzino sottovuoto della carrozza bar, per non pensarci più, e poi dormivo un sonno profondo fino all'arrivo. Fino all'alba successiva.

– Lei lo sa?
– Io so che tu sei uno stronzo perché fai domande stronze, che sei un arrogante perché parli di me senza parlare di te, che sei un pavido perché ti vedi ricoperto di denunce nelle mani di un giudice, che sei un guitto e la tua maschera è il tuo nome sul cartellino, che sei un codardo perché sai che io non mi alzerò da questo letto per darti una testata in bocca e lasciarti sul pavimento a sanguinare.

Andavano per prove ed errori. La dottoressa chiamava una madre e le annunciava che, dopo aver ridotto con gradualità la percentuale di ossigeno, avrebbero tentato di staccare il bambino dalla macchina, dargli autonomia di respiro. Era il momento che tutte aspettavamo, la seconda possibilità, il nuovo parto. Era rischioso come il primo, vago come la possibilità. La dottoressa mi disse: «Lunedí». E io dissi a tutti quelli che me lo chiedevano: «Lunedí» e li lasciai in attesa, amici, colleghi e parenti, dissi loro di concentrarsi secondo le forze e le credenze di ciascuno, e dissi di farlo per non restare sola. Poi li lasciai ancorati a quel fine settimana, e mi stordii con quello che avevo.

Non sono buona ad aspettare. Aspettare senza sapere è stata la piú grande incapacità della mia vita. Nell'attesa ho avuto lo spazio per costruire enormi impalcature di significato, e dieci minuti dopo farle crollare, per mia stessa mano. Poi riprendere da un punto qualunque, correggere il tiro di qualche centimetro per rendere la costruzione immaginata piú solida. Vederla crollare di nuovo. Ho speso svariati fine settimana della mia vita in quest'opera, e pur riconoscendola, non ho mai saputo distrarmi. Ho sentito la tragedia dell'attesa arrivare da lontano, da una telefonata, da un viaggio, da una mail, da una notte di sesso, da un ospedale. Ho scelto dal mio arsenale di dischi la musica che incalzasse l'angoscia, quella per stemperarla, poi piú che piangere: per sfinimento mi addormentavo. Nell'attesa ho sempre fatto sogni chiari, di epoche che non ho dovuto conoscere né attraversare, il sogno è stato il tempo speso meglio, e una volta sveglia il dolore era decuplicato. Io non so aspettare e non voglio farlo, nell'attesa i mostri prendono forma e si ingigantiscono, mangiano le ore per crescere e mangiarmi. Non sento curiosità nel dubbio, né fascino nella speranza, fossi stata Eracle, non mi sarei fermata al bivio.

Per stordirmi ora avevo una risma di compiti da correggere, poi una mappatura della dislessia a Napoli, una specie di opera monumentale fatta in casa, su cui mi cimentavo dall'inizio dell'insegnamento. Era stato una sera, per caso, che avevo notato un errore costante di pronuncia, a parità di stato sociale. Molti cinquantenni dimenticavano la *r*, e cosí molti ragazzotti pluribocciati. Non era questione di dialetto: era questione di tempo. Si erano attestati su un livello di comprensibilità che gli faceva dire *pecché* invece di perché e *Salenno* invece di Salerno. Lo stesso capitava con le *l*: *motto* per molto e *pallare* per parlare. Quando glielo facevo notare, loro non capivano, come se non avessero mai registrato quel suono che faceva la differenza tra il cavarsela e il sapere. Da qui nascevano i maggiori problemi di scrittura: avevo capito che era inutile correggere l'ortografia, perché le mie annotazioni in rosso avevano valore solo su quel foglio e non avrebbero lasciato traccia nella parola detta. Era questione di tempo, i miei studenti napoletani si erano fermati al necessario e poi erano andati a lavorare o a vendere cocaina rinunciando alle sfumature. Dividevano i banchi e le aule con srilankesi che mettevano tutta la fatica nell'esercitare un fonema nuovo alla loro lingua, come se imparare la pronuncia corretta gli avesse potuto allungare il visto sul passaporto, mettere i documenti in regola, dare diritto all'assistenza sanitaria. La moglie di Shan era molto apprezzata nelle case borghesi, si era creata un buon giro, e non la facevano mai salire sul davanzale a lavare i vetri per evitare che si facesse male lavorando senza contributi. Lei sognava di conquistarseli studiando sui libri del marito quando i bambini, a sera, finalmente dormivano. Arrotava le *r* e lisciava le *l*.

La prima reazione che Fabrizio aveva avuto, quando gli avevo fatto vedere le isoglosse della mia mappa, era stata ridere. Poi piano piano aveva cominciato ad aiutarmi tendendo l'orecchio ai vicini di casa, ai commercianti dei quartieri, ai parenti, e quando aveva sentito sua madre arrangiarsi su un suono cosí diverso dalla purezza dei suoi pensieri era tornato a dirmelo.

– E comunque non mi faccio capace di tutto il tempo che ci perdi.
– Bravo, è tempo perso.
– E allora perché lo fai?
– Per mettere un poco di ordine nelle cose.

Ma soprattutto, per stordirmi, quel fine settimana, c'era il concerto di un nostro vecchio compagno di università che aveva avuto molta fortuna, prima con un gruppo, poi da solo. Scriveva canzoni stranissime, difficili a trovarne un senso, le poggiava su una musica popolare e proprio per questa miscela incomprensibile piacevano molto.

Ogni tanto la tournée lo riportava in città e noi ce lo andavamo a sentire. Fabrizio me l'aveva proposto, ma io stavolta avevo rifiutato. Poi ero passata al box office della galleria e avevo comprato un biglietto per la domenica. Arrivai al concerto in tram, in teatro non incontrai nessuno che conoscevo e cosí riuscii a stordirmi quanto volevo, ballai anche in un gruppo di ragazzi che avevano vent'anni meno di me. Poi, sugli applausi, tutta quella gente anonima dalla quale mi ero sentita protetta mi cominciò a dare un senso di vuoto, sperai nel bis, volevo protrarre il piú possibile il tempo all'interno del teatro. E quando non ebbi piú scuse per restare mi accodai ad altri che stavano scavalcando il palco per tentare una sortita nei camerini.

Non so se quello della security mi lesse qualcosa in faccia, oltre all'età, ma mi fece passare. Trovai il cantante a bere vino, insieme alla band, a mille persone che passavano nei corridoi con un badge al collo, a qualche giornalista. Invece di salutarlo gli urlai, oltre le spalle degli altri, il mio nome.

– Maria...

– Ciao, bravo, bello assai.

– Ti è piaciuto? Sono contento di vederti. Lo vuoi il vino? Portate un bicchiere di vino alla mia amica?

Parlammo in maniera frammentata della band che lo accompagnava, di certi arrangiamenti folk, venivamo continuamente interrotti da un flusso di persone che gli rivolgeva domande anche per cose minime. Lui rispondeva a tutti, continuava a parlare con me e smaltiva la stanchezza della performance in un'eccitazione etilica che non lo

faceva star fermo un minuto. C'era un uomo molto bello sulla cinquantina che non lo perdeva mai d'occhio e sollecito rispondeva a qualunque suo movimento, come se si parlassero a distanza, in codice. Passate le due, quando si organizzarono finalmente per la cena, io decisi di trovarmi un tassí, però prima me lo chiamai un attimo.
– Ti devo dire una cosa.
– Ti ascolto.
– Io ho avuto una bambina, poco piú di un mese fa.
– Ma sei magrissima, non allatti?
– No, è nata prematura, sta in terapia intensiva e domani tentano di staccarle l'ossigeno. Se ci riescono, il piú è fatto.
– E adesso stai qua?
– E adesso sto qua.
Lui, sempre camminando, si voltò a cercare l'uomo bello, che infatti ci stava seguendo. Lo guardò semplicemente e quello mi chiese il numero di telefono. Lo annotò sul suo, poi ci salutammo tutti, e finalmente riuscii ad andare via. Ero ubriaca, chiesi al tassista di fermarsi a via Caracciolo e vomitai sugli scogli.

– Lei lo sa?
– Lunedí ti rispondo.

Quando arrivai in ospedale non era cambiato niente. A Mina e Rosa non ebbi neppure bisogno di spiegare il mio silenzio. I loro figli già respiravano da qualche giorno, ma seppero dividere il silenzio con me. Sfuggii con cura la dottoressa per tutto il tempo, e a mensa con le madri parlammo d'altro e altro ancora. Non aprii mai gli oblò dell'incubatrice per paura che a Irene arrivasse la mia rabbia, ogni volta che poggiavo gli occhi sul tubo blu che le occupava la trachea, mi risaliva in gola la nausea della notte passata.

Subito prima di riaffogare nella metropolitana, mi arrivò una telefonata del manager. Mi chiedeva se stavo a casa, se potevano passare a salutarmi prima di ripartire per Milano, quale il mio indirizzo.

La visita durò poco piú di un'ora, era la prima volta che ricevevo qualcuno e mi feci scrupolo del disordine: lo nascosi alla rinfusa negli armadi. Mi portarono un vassoio di sfogliatelle, e mentre il manager stava al balcone fumando e parlando al telefono, il mio amico frugò un po' fra i libri e mi raccontò da dove era arrivata l'ispirazione del suo nuovo lavoro. Galleggiava tra di noi la domanda che non aveva il coraggio di fare. Io provavo vergogna, e neppure ne parlai. Finché mi telefonò la mia vecchia zia di Torino, che aveva scoperto che ero incinta quando avevo già partorito, e da allora con discrezione ogni tanto si informava. In genere piangeva al telefono molto piú di me, e aveva ricostruito una storia che non le avevo mai raccontato inserendoci un compagno che senz'altro avrei sposato appena le cose si fossero risolte. Era l'unica persona che non sapeva delle aspettative di quel lunedí, infatti fu l'unica a chiamarmi. Io le parlai a voce alta e con dovizia di particolari, pur sapendo di farle del male, cosí da rispondere finalmente anche a lui che ascoltava. Perché non si può essere diretti nella delusione, bisogna giocare di sponda.

Venni a sapere che Irene respirava sola da un messaggio sul telefono mentre stavo per prendere la metropolitana, mezz'ora prima di vederla con i miei occhi. Il tempo che seguí, dal binario all'ospedale, fu il tempo di quando ci si distrae da se stessi.

Con le cose buone della vita io non ero mai stata indulgente. Forse credevo di piú alle sconfitte, sapevo affrontarle meglio: erano come le temevo, cioè come le avevo immaginate. Intorno alle cose buone facevo dei lunghi giri larghi tenendo sempre gli occhi altrove.

Quando ero piccola e ricevevo regali, le nonne, le zie, anche mia madre, dicevano che io «non davo soddisfazione». La verità era l'opposto: io sentivo un'emozione profonda perché qualcuno che non ero io stessa pensava a me, e proteggevo quest'emozione. Al Magistrale, nei banchi, capitava di scambiarsi qualcosa fuori dagli occhi degli insegnanti, una versione, ma anche una gomma, e io sentivo fortissima e incredibile la possibilità di un'interazione complice con un'amica, con un altro essere umano. E che questo scambio, questa complicità, fossero taciuti perché scontati e normali.

Da adulta ho sempre saputo distinguerla dall'imbarazzo: che mi arrivasse una penna in classe, un regalo sotto l'albero, un messaggio mentre timbravo l'abbonamento della metro. Il messaggio era di Mina e diceva: «Tua figlia è stata stubata».

Entrai in terapia intensiva facendo le cose con calma: mi presi tempo per l'armadietto, per il lavaggio antisettico, scelsi il camice pulito guardando oltre le vetrate, tanto lo sapevo che l'incubatrice di Irene era lontana, e non avrei visto ancora nulla. Poi la dottoressa firmò un ultimo

foglio e mi accolse con un bel sorriso compiaciuto e professionale, mentre Mina e Rosa le facevano ala.
– Eh, sí sí, lo so, – dissi io per raffreddarle e zittirle.
Perché non potevano precedere quello che avrei sentito, né dovevano confondere il loro sentire con il mio, né dovevano convincersi e convincermi che stava succedendo qualcosa di straordinario. È normale che gli esseri umani respirino e lo facciano da soli, e noi, dopo quasi due mesi, avevamo raggiunto l'ordinario.
Irene era una bambina che dormiva. Da qualche parte, la mielina che piano piano aveva avvolto i suoi neuroni le stava facendo sognare qualcosa: la forma appannata di qualcosa che pure aveva potuto vedere oltre la nebbia dell'incubatrice. Come tutti: le palpebre chiuse le tremavano, e le labbra abbozzavano un sorriso.
Era ancora piú piccola di qualunque bambino nato a termine, ma un pollice tentava, con un gesto incerto eppure automatico, di raggiungere la bocca finalmente libera. La sua pelle era rosa e bianca e le braccia si erano tornite, formando un leggero solco al polso.
Però io capii che Irene respirava e avrebbe vissuto, perché aprii un oblò verso di lei, e lei piangeva. Non mi ero accorta che per tutto quel tempo non avevo sentito la sua voce: le cose che mancavano non mi avevano mai stupito, e non le cercavo. Ora le sue corde vocali vibravano, come le mie.

Quella sera in classe avevo fiducia: feci leggere il canto notturno di un pastore che vagava con le sue pecore in Asia. Che non c'entrava niente con il programma, ma tutta la strada del nostro insegnamento pareva un percorso senza né senso né direzione. Io e Fabrizio avevamo scelto un giorno di tanti anni prima la scuola serale, perché nella nostra provincia erano gli unici posti ancora vacanti. Poi piano piano avevamo scoperto che per varcare la porta dell'aula dovevi avere una chiave d'oro ed era una porta strana, piccola da un lato e grande dall'altro. Esistevamo in un'ordinanza ministeriale, la 455 del 1997, che non era mai stata attuata.

Avevamo creduto, in principio, di trovare attorno a noi ciò che il «modulo» prevedeva: un collega di matematica, uno di lingue, uno di tecnica. Fabrizio aveva preferito l'insegnamento dell'italiano per stranieri, che all'epoca si chiamava ancora di alfabetizzazione. Ma tutti e due avevamo trovato le aule vuote di alunni e di colleghi. Al pomeriggio, in pausa caffè, nelle prime scuole di provincia di prefabbricato pesante, ci aggiravamo per gli androni desolati chiedendoci dove fossero gli altri. E semplicemente non c'erano. I nostri alunni-obiettivo erano risucchiati dai bassi, la notte facevano tardi perché giocavano al bingo e trascinavano una dislessia ambientale per strade e quartieri, per abbandono e malavita, fino a venire a bussare a noi, agli inizi di giugno, e pietire un diploma. Potevamo darglielo. Ne avevamo facoltà e quasi convenienza: perché per tenere in vita una scuola serale bisognava dimostrare di far conseguire un certo numero di licenze, ogni anno. Altri colleghi, piú ragionevoli o forse solo di passaggio, in attesa del trasferimento alla scuola mattutina, li davano come volantini, agli inizi di giugno. Solo che noi due avevamo fatto tutto: c'eravamo scritti da noi i libri di testo, raccogliendo, fotocopiando e rielaborando quello che trovavamo nelle biblioteche. Era stato il nostro lavoro extra. Avevamo preso piú di un treno per Roma, per andare a frequentare corsi di aggiornamento e formazione. Salivamo sul diretto dei pendolari all'alba e tornavamo in tempo per le lezioni, oppure ci iscrivevamo a nostre spese nei fine settimana.

E cosí quelle file di questuanti ci inorridivano, non per loro: per noi. Ci sembrava che la città, a bocca spalancata, ci mostrasse i denti cariati.

I presidi non facevano nulla di diverso: usavano il centro come posto di risulta, per allontanare dalle classi della mattina un'insegnante stanca che ancora doveva collezionare contributi per andare in pensione, o uno con l'esaurimento nervoso che i genitori dei ragazzi non volevano piú.

Ecco il mondo in cui accoglievamo i nostri adulti: un sistema scolastico che era la brutta copia di quello della mattina, lo stesso da cui si erano sentiti respingere quarant'anni prima.

Però ogni tanto c'era la meraviglia.

– Qual è la parte del canto che vi è piaciuta di piú?

Gaetano alzò la mano:

– Quella in cui lui vuole essere come il tuono che va per tutte le valli, e che sa dire il nome di tutte le stelle, ha detto cosí, no? Che *noverava*, le sapeva riconoscere ad una ad una. Quello mi piace assai: ad una ad una.

Avevo ricominciato a tornare a casa sotto il braccio di Shan, le serate erano lunghe e tiepidissime, dall'orto botanico pioveva odore di eucalipto e la città si stava riempiendo di turisti. Per la nuova edizione di Maggio dei monumenti, i borseggiatori storici di piazza Cavour erano in attività frenetica: i due che chiamavano Dolce e Gabbana stavano elegantissimi agli angoli dei palazzi d'epoca che venivano aperti solo quel mese all'anno, e spesso io e Shan, tornando, dovevamo fendere gruppi densi di visitatori che sarebbero rimasti fino a notte alta a domandarsi dov'erano finiti i loro portafogli.

– *Lei lo sa?*
– *Chiedilo al padre della bambina, vallo a cercare e chiediglielo: lui lo sa?*

Anche tenere Irene in braccio per la prima volta non è stato difficile, doveva esserci un'istruzione genetica da qualche parte.
Mi hanno detto «Si sieda», poi mi hanno passato i fili degli elettrodi, l'hanno avvolta in un lenzuolo e me l'hanno messa tra le mani.
Senza pensarlo, senza pensare, io ho sentito che non avrei avuto piú né fame né sete, che non avrei piú avuto bisogno di fare all'amore. E che sarei potuta restare in quell'istante per quindici anni senza temere di aver perso tempo un solo giorno. Poi mi è venuto sonno.

In quel periodo la dottoressa si spaccò un polso contro una finestra, mentre cercava di convincere una famiglia di testimoni di Geova a concedere una trasfusione. Erano tre volte che facevano dentro e fuori dalla terapia intensiva per aggiornare tutti i componenti del nucleo, e magari consultarsi con l'altissimo lí per lí, benché l'ospedale fosse provvisto solo di una cappella cattolica. La dottoressa aveva visto che il tempo scorreva e il sangue anche, e aveva detto: «Adesso o mai piú». Poi, per sottolineare la cosa, si spaccò un polso. Il padre e il nonno del bambino volevano che fosse trasfuso il *plasma*: una parte bianca, filtrata.

La madre venne da me, solo perché mi aveva visto correggere i compiti in sala d'attesa, e mi chiese di accompagnarla in bagno, come a scuola.

– Che cosa c'è nel sangue?
– Acqua, zucchero, particelle varie: globuli e piastrine.
– Ma il plasma che cos'è?
– In greco plasma vuol dire sangue...
– Ma io che devo fare? Per il bambino che devo fare?
– Per il bambino devi firmare il foglio della trasfusione come sta, e lo devi dare ai medici e devi fidarti.
– Però è peccato.
– Però il peccato lo fai tu, e il bambino si salva in questa vita e in quell'altra.
– Allora noi siamo degli egoisti se *non* facciamo peccato...
– Simona, io penso che se il bambino muore a te non basterà di pensare che è stato Dio a volerlo, per consolarti. Come ti devo dire... io sono per l'aborto, capisci? ...perché mi hai chiamato proprio a me?
– Perché tu rispondi ai dottori e non ti metti paura che dopo ti ammazzano il bambino.

Io non avevo risposto ai dottori: avevo trovato una dose di fenobarbitale sull'incubatrice di Irene, nell'entrata delle 12.30. E sapevo che quella dose andava somministrata di mattina. Lo sapevano anche le infermiere, ne avevo vista una indicarmi all'altra: «Eh, mo non si può fare piú...» Allora avevo chiamato il primario durante una sua ronda con studentesse al seguito e gli avevo chiesto che si poteva fare. Lui mi aveva sorriso: «È stato un errore, come tanti che se ne commettono: non si preoccupi». Io senza rispondergli avevo preso il cellulare e avevo digitato 113. Allora lui aveva disposto un nuovo calcolo del medicinale, che tenesse conto della mancanza, e una lettera di contestazione per le infermiere di turno.

– Proviamo cosí: non pensare al bambino. Pensa a te. Tu che vuoi?
– Io c'ho la Bibbia in borsa, vuoi capire cosa dice?
Me la passò, sembrava un catalogo del Reader's Digest, dall'incipit capii che era stata vulgata direttamente dall'americano. Alla fine c'era anche un indice per argomenti, ma io non seppi dove cercare. Le rimisi il libro nella borsa.
– Facciamoci furbe, Simona, perché nessuno ci aiuterà.

Entrai negli uffici in fondo alla terapia intensiva. In una stanzetta lí davanti, donne che si erano appena alzate dai letti cercavano di cavarsi latte dal seno tirandolo via con delle pompette. Poi lo distribuivano in piccole siringhe, tutto quello che i loro nati avrebbero sopportato, e ci scrivevano sopra un nome, prima di metterlo nel freezer. Io avevo perso il latte un giorno di tanti giorni prima, in cui mi avevano detto che nello stomaco di Irene c'era un ristagno e che l'avrebbero tenuta due giorni senza mangiare.
Passai oltre e intercettai il dottorino sulla soglia.
– Fammi vedere un consenso per le trasfusioni.
Lui, che aveva appena accompagnato la dottoressa al

padiglione di ortopedia per farle ingessare il polso, capí subito e mi portò in un ufficio. Mi allungò un foglio.
– Va bene, mo siediti al computer, metti la carta intestata nella stampante e scrivi.
– È un reato.
– Anche farsi le canne è un reato.
– Cosa c'entra...
– Senti, o lo Stato si arroga il diritto di fare ciò che vuole, e allora non chiede il consenso di Simona, oppure ci lascia decidere della nostra vita e della nostra morte e delle nostre droghe preferite.
– Questo consenso fu chiesto anche a te, Irene ha avuto quattro trasfusioni.
Me lo ricordavo bene, il giorno in cui una dottoressa venne a chiedermi il consenso. Ero a letto in corsia, mi disse: «Glielo leggo».
Io risposi: «Ce la faccio ancora da me, grazie».
Poi le chiesi solo di spiegarmi cosa significasse la parola *iperecogenicità*. E firmai.
– Lo Stato con questa carta si scansa le responsabilità. Avesse dei donatori sicuri non lo farebbe firmare.
– Ma è anche una forma di rispetto.
– Irene ha avuto una polmonite tre settimane fa. L'ho letto nella cartella clinica. È stata curata con gli antibiotici e a me non è stato detto nulla. Sai perché?
– Perché?
– Perché la polmonite le è venuta in un ambiente asettico, il piú asettico di un ospedale, e da una macchina che le pompa l'aria nei polmoni. Quindi il batterio era in quell'aria, o in quel tubo, o in quel filtro. Cosa mi ha chiesto lo Stato lí?
– Perché te la prendi tanto a cuore?
– Perché io non sono stata Simona, con un marito fuo-

ri e un Dio in cielo. Con la paura fottuta e una vera scelta da fare. Una vera responsabilità da prendermi con Irene. La tua collega venne, mentre io ero in corsia, mi passò il foglio, e io firmai. Punto.

Punto. Il dottorino mi tirò a sé da un avambraccio e mi baciò a lungo, e non fu male.

Qualche minuto dopo stavamo stilando il piú bel documento mai messo in piedi da una Asl, cavilloso e precisissimo, chiaro e invogliante: battemmo molte volte la parola *plasma*. Il dottorino con il camice addosso e molta paura lo fece firmare al marito di Simona, mentre Simona firmava quello vero.

Dopo mi occupai io di riprendere il foglio falso e sminuzzarlo in tasca. Mentre uscivo sentii il marito di Simona che si giustificava:

– Non è per cattiveria, però io una carta cosí non la potevo firmare. A noi testimoni di Geova non ci tengono proprio in considerazione.

– È vero, – dissi, – fanno di tutta l'erba un fascio.

Gettai il piú bel consenso della storia universale della sanità nel cassonetto piú remoto dell'ospedale.

Una sera Fabrizio mi portò alla festa elettorale di un candidato diessino. Non l'avrebbe votato mai, ma si teneva in un lido favoloso di Bagnoli, e si beveva lo champagne con i piedi nella sabbia.

La città tornava, dopo cinque anni, a sentirsi parte di una parte piú grande. Le politiche avevano questo di diverso: che un voto nostro, e uno di Milano, finivano nello stesso computo. E anche che tutt'intorno, nei discorsi e nelle strade, pareva che si potesse ancora scegliere qualcosa, che a scegliere bene qualcosa sarebbe cambiato.

Il mare era già piú caldo dell'aria, e con i piedi a mollo gli dissi del dottorino.

– Poi mi sono ricordata dove l'avevo conosciuto: allo Ska, nella prima occupazione.

– Allora lo conosco anch'io.

– Ha tipo dieci anni meno di me.

– Però...

– Però è un poco facile: il medico e la paziente.

– Guarda che non sei tu la paziente.

In realtà, in fondo davanti a me, dove monte di Procida spariva nel buio, io stavo già vedendo una speranza incerta. Traballava con le luci dei traghetti, però la riconobbi: che forse Irene avrebbe visto prima o poi i Campi Flegrei. Le domande che seguivano, quando e con quali occhi, come e con chi, erano le correnti che spingevano gli uomini al largo.

– E comunque non mi piace neanche tanto.

– Secondo me ti senti in colpa. Come tutte le donne, come tutti. Ecco.

– Umm, non può essere cosí facile.

– Senti: tu sarai anche una speciale, avrai anche capito che ai miei studenti bisogna far leggere gli stranieri tradotti, ma quelli i meccanismi psicologici due o tre sono, e funzioneranno anche con te. No?

Gli alzai il medio della mano destra per aria e gli dissi:

– Andiamocene a casa.

Ci lasciavamo alle spalle l'ex Italsider, un mare mai bonificato, la sabbia radioattiva e il comizio del candidato, che stava dicendo:

– Qua basta fermarsi un attimo per trovarsi subito a sinistra...

Non poteva essere cosí facile. Avevo sedici anni quando mi ero impiegata nello sforzo piú capillare della mia esistenza: rimuovere la corona di spine. Era stata un'eredità di mia madre: lei era una suora in borghese. Si nascondeva da mio padre, che le rideva addosso e si era fatto il segno della croce solo il giorno del matrimonio, e si nascondeva da se stessa, per stare al passo con i tempi. Aveva sepolto nel comodino e in sé *L'imitazione di Cristo*, alla cui lettura era stata condannata dalla zia che l'aveva cresciuta, e quello ogni tanto sbucava subdolo e impercettibile.

Si sapeva, che aveva sposato il suo amore affidabile: era una di quelle storie che facevano parte della mitologia famigliare, e che la tradizione orale delle sorelle ripeteva durante le vacanze di Natale, non davanti a me, ma mai abbastanza lontano.

Aveva rivisto il suo vero amore anni dopo alla Reggia di Caserta, in una domenica di gita: prendeva il viale del giardino all'inglese con un'altra donna. Lei per fortuna quel giorno era vestita bene, e anche io, mi teneva per mano e mi aveva messo una sottanina rosa di chiffon. Dovette stringerci di piú: me la mano, mio padre il braccio.

E tutto fu solo e precisamente quello che sembrava.

In mia madre c'era un vago compiacimento per qualunque rinuncia, una sottile perversione nel non andare al cinema, nel rarefare le cene tra parenti, nel perdere di vista le amiche. Non aveva mai lavorato, altrimenti la casa sarebbe andata in rovina, e io sarei stata tirata su da chissà chi. Quando si truccava proclamava a gran voce oltre la porta del bagno che lo faceva controvoglia, e i soldi dei vestiti che non aveva mai comprato per sé erano andati ad arricchire l'altare della famiglia. Un cappotto col collo di pelliccia era diventato il tavolo su cui mio padre mangiava il brodo facendo rumore, la festa delle loro nozze d'argento era stato il mio viaggio premio in Grecia. «Ti stai divertendo?» mi chiedeva oltre l'Adriatico mentre cadevano i gettoni.

Ma quella gita alla Reggia di Caserta, che non potevo ricordare, quell'aprirsi ortogonale dei viali verso le cascate d'acqua, tra i cui getti mia madre seppe solo stringersi un poco piú forte a noi: quella scena mi lasciò per sempre, in amore, equidistante da qualunque scelta. Avevo potuto diventare femminista, con quel fare sottile che non si dichiara mai, avevo marciato a mio modo attraverso gli uomini per non perdermi niente. Ma sentivo che l'errore c'era comunque: a sposarsi e a restare soli, a fidanzarsi e ad amare, a innamorarsi e a sostenersi, a sfidarsi, a vincere e a perdere, a proteggere e a farsi proteggere. E io non sarei mai stata pronta a difendere nessuna di queste cose.

Gli ultimi tempi prima che mia madre morisse, quando andavo a trovare una vedova stanca il cui mondo era precipitato nel televisore, mi sedevo a tavola con lei e la osservavo mentre non mi guardava. Sul fondo, dietro i vetri della cucina, oltre lei che scolava la pasta, si stagliava ancora la ciminiera delle conserviere, al cui posto ora c'erano un bingo e un supermercato discount, e mi chiedevo chi di noi due avesse rinunciato di piú.

– Pronto.
– Volevo sapere se poi hai bruciato il consenso.
– Usare numeri di telefono presi dalle cartelle cliniche, a scopo personale... ma tu commetti solo reati, ci hai fatto caso?
– Perché, approfittare della debolezza di un medico non è un reato?
– Non girare la frittata, ragazzino.
– La smetti di fare la grande madre?
– No, mi preoccupo... a proposito di reati, ma sei maggiorenne, sí?
– Si vede che me li porto proprio bene gli anni.
– Allora portali fuori dalla mia linea telefonica.
– Va bene, ma io ti ho chiamato solo per sapere che cosa dirai al fantasma del ginecologo domattina alle sei.
– Eh, bravo. Queste sono trattative riservatissime, mica lo dico a te.

– *Lei lo sa?*
– *Io lo so e adesso o mi porti in sala parto o mi inietti cianuro nella flebo.*

In un'altra porzione della mia vita che ora non riuscivo a riconoscere come rappresentativa, avevo visto una puntata di *Quark*. Incollata allo schermo io trasognata, passava la registrazione di uno splendido feto galleggiante, vago ed essenziale nell'immagine che attraversava le membrane, irradiato da una luce rossa di carne e pulsante di vita, che imparava la suzione. La voce fuori campo era esatta e cadenzata, diceva che ciò avviene nella trentottesima settimana di vita, di quella vita. Irene non aveva avuto né tempo né acqua sufficienti a insegnarle armonicamente quel gesto che ora ricordavo e scansavo nella memoria, come si cerca di distrarsi dal ricordo di un amore che era sembrato la soluzione e ora torna doloroso alla resa dei conti. Irene era stata alimentata dal naso, dopo che le flebo avevano fatto il loro corso, e ora, con il sussidio di un ciuccio improvvisato in reparto, tentavano di insegnarle a succhiare.

Un giorno i medici mi dissero che era pronta, che ora avrebbe dovuto prendere il latte dal biberon, e allora anche io dovevo essere pronta a darglielo.

Ma l'immagine della madre che nutre il piccolo e la nostra, ancora non coincidevano. Ogni volta che Irene succhiava troppo forte, il latte le colava nella trachea e il suo torace non aveva la forza di tossirlo fuori: semplicemente si bloccava. Smetteva di respirare fino alla cianosi, fino all'intervento delle infermiere. Me la rimettevano in braccio e io, dopo averla quasi uccisa, dovevo ricominciare. Sapevo, sapevo con la determinazione di chi si ributta a mare dopo il mancato annegamento, che quella determinazione è la paura. Mi dicevo: è la cosa più naturale di questo mondo, la più dolce, la prima. Eppure scattavano i monitor e le manovre di rianimazione, eppure o si continuava così oppure Irene non sarebbe uscita mai.

Desideravo e temevo più di ogni altra cosa nella giornata di darle il latte. Entravo con decisione nel reparto, mi preparavo, poggiavo bene la gamba destra a terra, quella su cui avrei tenuto la bambina, così che non si avvertisse il tremore del piede, cercavo l'inclinazione tra la terra e l'incavo del braccio, sentivo ogni respiro e ogni sorso come l'artificiere tende l'orecchio alla bomba. Il suo destino era ogni quattro ore nella mia mano e io non potevo rifiutarmi di accoglierlo.

– Come sta andando? – mi chiese la dottoressa, dopo che mi ero tolta il camice fradicio di sudore.

– Stiamo imparando.

– Mi piace, che lei usi il plurale: sarà sempre cosí.

Io mi aggrappai solo alla parola *sempre*, me la tenni stretta e me la ripetei molte volte in testa per darle verità.

Dal camice usciva lo stesso vestito per giorni. Perché quello che lasciavo a sera sul bordo del letto vuoto era il piú facile a prendersi il giorno dopo. La doccia non era piú una necessità di pulizia, né un rituale rilassante, era, come tutto, una cosa che facevo sentendomi in colpa: era anch'essa una distrazione, e portava in sé la feroce ambivalenza dell'essere salutare e colpevole al tempo stesso.

Dopo tre o quattro giorni prendevo il rotolo dei vestiti usati, lo infilavo direttamente in lavatrice e abbinavo una nuova maglia con una nuova gonna.

La lavatrice aveva lo stesso odore di plastica surriscaldata del reparto di terapia intensiva.

Sarebbe stato meglio tenere il camice addosso. Avrebbe corrisposto di piú all'immagine interna che io avevo di me, del mio corpo dimenticato. Andar per strada con la mascherina, come i giapponesi che uscivano dalla metro del Museo Nazionale alla stessa ora in cui io mi ci seppellivo per raggiungere Irene.

C'era qualcosa di fortemente infantile, nella nostra vita di reparto: il modo in cui i medici e gli infermieri ci chiamavano nei corridoi, solo con il cognome, le attese prima dell'ingresso, la mensa, l'una con l'altra ad abbottonarci il camice, che si chiudeva dietro le spalle.

Alle elementari e anche alle medie, solo noi femmine in classe mista portavamo un lungo grembiule nero con il colletto bianco. Mio padre a casa aveva fatto balenare l'idea, una volta a tavola, che fosse assurda questa distinzione di genere applicata alla scuola e ai grembiuli, ma mia madre aveva subito ribattuto che cosí gli abiti non si sporcavano, che cosí non si vedeva quello che avevi sotto. Lei soffriva di non potermi cambiare di vestito tutti i giorni, e io dopo un poco cominciai a credere che era una mancanza, quella, ma una mancanza indotta, non naturale. A me piaceva il grembiule nero, toglieva il superfluo, faceva un pezzo unico del seno che non spuntava, dei fianchi magri, e degli enormi assorbenti che qualche giorno al mese mi imbottivano i jeans. L'importante diventava quello che ne sbucava da sotto. Quando non si portarono piú i pantaloni a zampa di elefante, mia madre con tutte le sue armi, di cui era fuochista abilissima, riportò in dentro l'eccesso di stoffa e li fece diventare pantaloni a sigaretta. Erano anni in cui la moda era lontana, ancora piú lontana della distanza tra Napoli e Milano, e ad andarsene in giro con una maglietta che portava su il nome di un altro, fosse anche un bel nome come Valentino, si sarebbe stati marchiati di mancanza di personalità.

Fabrizio aveva un alunno che mi imbarazzava. Mi imbarazzava perché era serio. Tutti quelli che venivano dall'est erano seri, ma qualcuno era piú giovane e flirtava con una compagna, qualche altra aveva già scoperto il mercato di Poggioreale e arrivava soddisfatta e griffatissima, al lunedí, prendendo i primi dieci minuti della lezione per un défilé dei suoi falsi d'autore. Molti erano pronti a ironizzare, con un'indole che a me sembrava arrivare in linea diretta dai loro autori classici del Novecento, sulla condizione trista e traballante in cui muovevano la loro esistenza italiana. Ivan mai. Restava chiuso nella sua intelligenza, composto nel banco e con il suo vestito migliore. Aveva un'età indefinita, fra i trenta e i quarant'anni, che nessuno appurava per mancanza di coraggio. Non sapevamo che lavoro facesse, né nulla del suo arrivo in Italia. Avevamo smesso, del resto, di occuparci di visti e permessi di soggiorno, quando avevamo capito che a essere fiscali ci si sarebbero svuotate le classi. Sapevamo che veniva da San Pietroburgo perché una volta in un compito per casa aveva scritto di certi canali secondari della Neva che lui attraversava da ragazzo, e che erano il crocevia in cui il vento sferzava, ora profanati da barconi carichi di turisti ebbri, al punto che anche il vento pareva non spirasse piú.

Era un bel compito: Fabrizio me lo portò subito, appena ebbe finito di correggerlo, perché sapeva che Ivan mi incuriosiva.

– Quest'uomo ci disprezza, – dissi ripassandogli il foglio protocollo.

– Ma non a me e a te, ai turisti.

– Io e te potremmo essere quei turisti.

— Io e te siamo degli insegnanti, lui segue le nostre lezioni, questo avrà pure un valore.

Invece Ivan mi rilanciava un senso generale dell'esistenza che noi non sapevamo piú accogliere, di cui non potevamo piú essere depositari per il solo fatto di vivere in un mondo volgare e distratto. Che noi vivessimo in questo mondo senza aderirgli, partecipando poco e combattendolo il piú possibile, era cosa evidente solo ai nostri occhi miopi. Bastava passare il confine verso gli Urali, o essersi evitati gli ultimi trent'anni di vita italiana, per riportare il nostro distinguo a quello che era: una sfumatura da pagina culturale. Ivan in classe aveva quello stesso taglio di vestiti che mia madre era contenta, trent'anni fa, di nascondermi sotto il grembiule.

Un pomeriggio, in cui la poppata stava andando piuttosto liscia, per un momento persi di vista i monitor, l'inclinazione del polso, il livello del latte sotto la ghiera, e guardai Irene. Aveva gli occhi aperti come non avevo mai visto occhi aperti: l'iride riempiva quasi tutto lo spazio, era perfettamente tonda e guardava me. O forse non mi vedeva, perché l'oculista di reparto dagli esami strumentali non poteva escludere la cecità. Forse sentiva solo il mio battito, acceleratissimo, che rincorreva il suo, o neppure quello. Ma mi sentiva. Stava nel mio braccio, la tenevo, mi sentiva e io le sorrisi. Non quella smorfia che mi ero calcata in faccia dal primo momento, quella che era solo la variante socialmente accettabile di una fuga. Proprio un sorriso di quando, in un momento, nella vita, sbuca una cosa inaspettata e piena e tua.

Quel giorno avevamo scoperto il linguaggio.

Da quando l'aria si era fatta piú dolce, la pausa di pranzo era diventata un buon momento per uscire dal recinto dell'ospedale. Ci era venuto naturale, a poco a poco avevamo allentato il cerchio che ci stringeva, avevamo cominciato a sentire di poter fare qualche passo. Come i bambini quando iniziano a camminare e si allontanano per gradi dalle madri, cosí noi avevamo preso fiducia dai nostri figli.

Con la metropolitana in poche fermate raggiungevamo il cuore del Vomero, che come quartiere non mi aveva mai del tutto convinta, ma io, piú di Mina, mi ci muovevo con un certo agio. Perché la ricerca, ad allontanarsi dall'ospedale, era proprio quella di trovare l'agio, la naturalezza.

All'inizio imboccavamo via Scarlatti come deve sentirsi chi lascia la prima volta gli arresti domiciliari: ci guardavamo attorno confuse, rubando la strada e la gente, con una fretta ingiustificata nello sguardo e nelle gambe. Poi gradatamente l'ansia aveva rallentato e riuscivamo perfino a prendere il caffè, a sentire che era vero, in tazza bollente e senza zucchero, lontano milioni di chilometri da quello della macchinetta automatica del padiglione Dorelli.

Ancora guardandoci l'un l'altra, riflettendoci nelle vetrine, ci riconoscevamo come aliene alla scoperta di un mondo popolato da un'altra razza. Rosa con noi non veniva mai, per potersi avvinghiare a suo marito sui divanetti: strapparsi dalle mani intrecciate, dai baci, quel residuo di giovinezza lacerata che l'ospedale e la morte della bambina stavano rapidamente divorando.

Facevamo sempre una visita alla Prénatal, a volte aspettavamo proprio che aprisse, sedute su una panchina di fronte, come due mamme in pausa dal lavoro. Il negozio

presto si animava di carrozzine e di madri, in un rapporto pedante e normale di prove, camerini, e cappellini infilati di forza. Noi avevamo un solo settore in cui acquistare veramente qualcosa, le nostre tutine avevano stampigliato sul cartellino un doppio zero di farina raffinata, Mina se ne infilava una sulla mano, e sembrava una marionetta senza testa. Ci chiedevamo se potevano andare bene, le commesse ci aiutavano sollecite.
— Non può venire con il bambino? Sa, non facciamo cambi sugli indumenti intimi.
— No.
— Allora è un regalo...
La verità è che ci vergognavamo, ed essere in due non bastava a darci forza. La Prénatal è stata la tentazione e il logorio costante di ogni nostro pomeriggio in libera uscita. Il mercato non ammetteva eccezioni, si affidava alle leggi dei grandi numeri, si pubblicizzava con immagini di sfida. Bellissime gravide in tute elasticizzate che spingevano con la sola forza della Grazia carrozzini spaziali, già impegnati da un altro figlio. Salvo poi apparire, tre pagine di catalogo piú avanti, con compagno sorridente e minimamente piegato sotto il peso del pupo portato a spalla.

Io e Mina non eravamo state né l'una né l'altra cosa, ma l'assurdità di quei modelli, la loro distanza dalla vita, non bastavano a zittire la sensazione di inadeguatezza che provavamo. Anzi, ne aggiungevano una piú odiosa: non essere all'altezza delle aspettative di un mondo che manco ti piace.

Un giorno io e Fabrizio avevamo programmato una simulazione della prova scritta dell'esame. Per essere sicura di arrivare in orario avevo chiesto a Gaetano di venirmi a prendere con la macchina, avevo dato a lui e anche a Mina un appuntamento davanti alla Prénatal, e poi mi avviai da sola a passeggio su per via Morghen.

Passando davanti alla Benetton non riuscii a non ricordare che una mattina di molti mesi prima era stato proprio lí davanti che il padre di Irene era scappato via. L'ultima volta che lo avevo visto, l'unica vera. E mi aveva lasciato là, con il sapore del caffè in bocca, e un'ecografia sotto il braccio.

Però poi quel pomeriggio, riflettendo sui temi da dare agli studenti, continuai a camminare. Seguendo tracce di infanzia mi arrampicai verso Castel Sant'Elmo, pagai il biglietto ed entrai. Dritta in piedi sulla piazza d'armi ricordai una gita scolastica delle elementari, tutti intruppati sotto il sole.

Poi salii sugli spalti, guardai da ciascuna delle feritoie, con il tufo che precipitava perpendicolare sulla città, e la trovai: la città, che era rimasta lí involontaria e infame ad aspettare in ogni ora d'ospedale. Camminai lungo la passerella per riconoscerla. Era la stessa, e c'era da sempre. C'era ancora prima di Irene, ancora prima che suo padre mi lasciasse, c'era quando avevo dieci anni e in gita scolastica ci avevano impedito di sporgerci dai parapetti.

Ammettere la sofferenza per me è stato molto difficile. Ho preferito credere a una continuità normale o ai momenti belli, la conquista del lavoro, l'estasi degli innamoramenti, la meraviglia della gravidanza. Solo a queste cose avevo dato verità. Quando il dolore mi aveva sorpreso non gli avevo creduto: era un inciampo, una cosa da mettersi davanti per superarla, per poi tornare a quell'altra vita. Cosí era stato per la malattia di mio padre, per la morte di mia madre.

Avevamo parlato a lungo, con Mina e Rosa, dei danni che la prematurità avrebbe comportato, degli handicap che forse ci avrebbero affollato la vita negli anni a venire. *Lei lo sa?* No, io proprio non lo sapevo, ma ero stata una buona alunna per tutta la mia vita, e avrei imparato.

Ricordai di aver visto, in una mostra sulle civiltà precolombiane, una maschera che aveva una metà del volto sana e sorridente, e l'altra corrosa dalla malattia. Avevo pensato all'artigiano pazzo che, cento anni prima dello sbarco spagnolo, un giorno aveva ficcato quel pezzo di terracotta in un forno, aveva accettato che le due parti cuocessero insieme.

Quel pazzo lo sapeva.

E sotto di me, ora, nella città incessante, lo dovevano sapere in molti. Camminavano, nell'ora rarefatta del primo pomeriggio, verso casa, la macchina, l'ufficio, con questa possibilità nei passi.

Mina e Gaetano stavano parlando fitto fitto sulla panchina davanti alla Prénatal.

– Scusatemi, ho fatto un poco tardi.

– Niente professoré, adesso diamo un passaggio a Mina a prendere il vaporetto, però.

Guidando tentava senza fortuna di estorcermi le tracce del tema, per avvantaggiarsi di quella mezz'ora, ma non sui compagni: sul tempo e basta.

Mina prese dalla busta i bavaglini che avevamo comprato e ne fece vedere uno a Gaetano:

– Ti piace? Sembra un bavaglino, eh?
– Perché, che cos'è?
– Addosso a mio figlio è un mantesino.

Infine era arrivato giugno, come fa, con pochi riguardi: di notte tutta la città aveva scalciato via le coperte, senza capire cosa, e poi la mattina avevamo trovato i muri arroventati e il mare lontano attraversato da una flotta di piccoli laser. Buttati nei prati dell'ospedale, sudati nei jeans e circondati da studenti che prendevano il sole, io, Rosa e il maritino aspettavamo il turno di entrata delle 16, ma anche la frittata di maccheroni che Mina ci aveva promesso il giorno prima, quando le avevano annunciato la dimissione del bimbo.
– Uh, che guaio, – aveva commentato ai medici.
– Come, signora?
– E mo mi devo svegliare io la notte...
Insomma la vedemmo arrivare con la messa in piega fatta, presumibilmente da se stessa, preceduta da un porte-enfant modello all'inglese.
– Ho risolto, – ci disse da lontano. – Ho detto a mia mamma che mi devo riprendere dal trauma, e che quindi il bimbo se lo deve tenere lei la notte nella stanza sua.
– Ma tua mamma ha settant'anni.
– Appunto: che deve fare la mattina, lei?
Il marito di Rosa che doveva tornare in officina andò subito al sodo:
– La frittata di maccheroni l'hai portata?
– Eh, l'ho portata, – disse lei sfasciando le lenzuola della carrozzina e tirandone via un contenitore bollente. – Vai a comprare le birre, va'.
Poi si guardò intorno, con aria sovversiva, e intorno

c'erano tutti e nessuno, come succede in città. E mi chiese una sigaretta:
- Le tue sono meglio.
- Le tue fanno schifo, Mina, perciò le mie sono meglio.
- Questo me lo sono fatto procurare da mio nipote, però davanti a tuo marito, Rosa, mi mettevo vergogna.

Il pakistano che srotolò dalla carta argentata era veramente pericoloso. Per ridurlo a un'animella sottile mi macchiai tutte le dita di cromatina e comunque alla fine sembrava un rotolo di pasta per gli gnocchi, però ce lo fumammo lo stesso perché tanto stavamo già in ospedale. Il marito di Rosa si assicurò solo che sua moglie non ne prendesse e che non ne fosse troppo scandalizzata, poi ci chiese un giro.
- Mina, ma come hai fatto a prendere il traghetto con la roba addosso? Non ci sono i cani?
- Sí, ma i controlli ci sono solo dalla città verso l'isola, mica il contrario...

E poi nessuno sarebbe andato a scavare in un porte-enfant diretto in ospedale, sotto una cortina spessa di lenzuola e coperte all'uncinetto, e medagliette in velluto di padre Pio. Appena qualche ora dopo, la destinazione d'uso del carrozzino sarebbe stata quella definitiva. Il bambino che c'era dentro restava e sarebbe restato, come tutti i nostri, un punto interrogativo della medicina. Come sarebbe cresciuto e quanto, a quali manuali e a quali tabelle avrebbe potuto riferirsi non lo sapeva nessuno. Però sapevamo che quello era il figlio di Mina. Quelli i nostri figli.

Quando presi il telefono, le altre cominciarono a sparlare alle mie spalle, ma forte: per farsi sentire.

– Mo chiama a occhi-blu, ti faccio vedere.
– E non c'è bisogno: quello sente l'odore e viene.
Invece doveva essere molto molto lontano, perché non rispondeva neppure al telefono. E siccome la giornata era bella, una mezza festa per Mina che se ne andava a vivere con il bambino, io mi allungai verso il padiglione dove lavorava, e dove l'avevo incrociato appena due ore prima: per invitarlo al nostro pic-nic e salvarlo dai neon della mensa.

Subito prima della rampa di scale incontrai la dottoressa che mi guardò profonda, e mi tese la mano, come mi avesse invitato a un valzer nel suo studio:
– L'avrei cercata piú tardi, all'ingresso delle sedici. Le devo parlare, se ha un minuto adesso…

Mantenne un sorriso sostenuto per tutto il tempo in cui mi parlò, che non fu un minuto.

A casa ero inabissata in un'angoscia profonda che non era nessuna di quelle che avevo conosciuto finora. Avevo di nuovo chiesto un permesso a scuola, per quel pomeriggio, e adesso aspettavo che Fabrizio uscisse, per chiamarlo. Speravo mi chiamasse lui in pausa caffè, allarmato dalla mia assenza, eppure non avevo il coraggio di farlo io, nella stessa pausa.

Lo fece il dottorino, che aveva trovato tutte le chiamate sul cellulare, Mina alle dimissioni con il bambino nel porte-enfant, e me no: che ero scappata via.

Gli dissi di venire a casa. Sentivo che era sbagliato, ma anche che il pomeriggio era troppo difficile da passare. Mentre lo aspettavo inventariai le bottiglie, dal Martini al Gin, che non rinnovavo da quasi nove mesi. Feci i conti con la cicatrice del cesareo e con il capoparto, che mi era venuto dopo quaranta giorni esatti, ma nemmeno ci avevo fatto caso. E con le panciere, con le mutande sagomate e i collant a compressione graduata.

Scavai dal fondo del cassetto e mi accorsi che il fondo era lontano. Però qualcosa di decente e collaudato anche ne uscí, e allora mentre lui faceva i sei piani del mio palazzo a piedi, e mi urlava una parolaccia a ogni rampa di scale per farmi sentire che aveva ancora fiato, io mi concentrai forte, e mi misi a pensare alle prime volte che lo avevo visto, per capire se mi piaceva davvero e, nel caso, sfruttare l'onda.

Non che fosse importante, data la situazione e l'ultima rampa di scale che ci distanziava, però se io fossi riuscita a raccogliere l'entusiasmo della prima occhiata, la fibrillazione del continente sconosciuto quando ancora lo è, il pomeriggio sarebbe andato meglio.

E allora registrai un sentimento nuovo verso situazioni di questo genere, come uno scarto di livello tra tutto quello che mi era accaduto prima dell'arrivo di Irene, e una percezione nuova delle cose, che si era formata a mia insaputa. Registrai un distacco, che non era una cosa brutta, anzi, era straordinaria: era solo che tutte le cose mi sembravano meno, ma veramente molto meno serie di prima.

Poi me lo trovai davanti.

– Quindi scopare con un ortopedico deve essere fantastico.

– Non lo so, non ci ho mai provato, – disse lui tirandomi il collo oltre il bordo del letto.

– Ma per esempio quando lo fate tra colleghi ci pensate: mo sto sullo sterno, mo se le accarezzo qua le vibra il nervo tot, e cose del genere?

– No, veramente no, ma adesso mi hai condizionato per sempre, adesso sarà impossibile... rilassa il braccio, stendilo di piú, eh... adesso sarà impossibile non pensarci. Cristo mi hai rovinato.

– Ha fatto crac.
– Sono i gancetti dell'artrosi cervicale.
– Si chiamano *gancetti*?
– *Calcificazioni*.
– Sta a dire che sono vecchia, eh?
– Una primipara attempata.
– Vabbè... e dove l'hai lasciato il motorino?
– Sono venuto in metro.
– Ti chiamo un tassí?
– Non dormo qua?
– Direi di no.
– Nemmeno se cucino?
– Un'altra volta. Oggi no, lo sai perché.
– Eh, appunto. Non facciamo finta di niente. Parliamone.
– Con te no. Scusami, ma devo chiamare un mio collega.
– E voi, quando lo fate tra colleghi vi citate le poesie addosso?
– Anche.
– Nemmeno se resto fino all'alba e prendo a cazzotti il ginecologo e ti lascio dormire?
– No-o.

Lo accompagnai alla porta con il cordless in mano. Lui prima di andare via mi baciò nel cerchio dell'antivaiolo che avevo sull'avambraccio, e che per uno della sua età era una cicatrice esotica.

– Fabri?
– Non piangere, Maria, non capisco niente.
– Ho parlato con la dottoressa.
– Cazzo, lo sapevo che non eri venuta per qualcosa. Dici.
– Devo comprare una culla.
– ...
– Una culla con le ruote voglio dire: un carrozzino, un fasciatoio, forse lo sterilizza biberon e un sapone neutro, pure, penso. Mi serve un catalogo Chicco e delle lenzuola, piccole.
– Quanto tempo hai?
– Piú o meno quindici giorni.
– Ce la possiamo fare, perfino con i tuoi gusti.

Io dissi:
– *Fate voi.*
– *La bambina nascerà sicuramente viva, ma potrebbe morire subito, o sopravvivere con gravi handicap, oppure stare bene, lei lo sa?*
– *Io lo so.*
– *Lei lo sa, signora?*
– *Io so che avrei dovuto partorire tra tre mesi.*
– *La bambina sarà portata subito in terapia intensiva neonatale.*

Epilogo

Altissima la sopraelevata passava sui palazzi di piazza Ottocalli, faceva ombra ai balconi. Gli automobilisti uscivano dalla tangenziale, e dai finestrini quasi potevano toccare i panni stesi, come i costruttori avevano toccato il brivido di giocare a *Metropolis*. Dall'ultimo pilone vidi Gaetano che fumava davanti al portone della scuola.
– Buongiorno.
– Quale buongiorno: io stanotte non ho dormito proprio.
– Non ne parliamo, e manco la mano mi dà?
– È sudata.
Non glielo dissi di stare tranquillo: che era il migliore dei miei alunni, perché anche io ero stata una migliore alunna, e sapevo che il problema agli esami era proprio quello.
Gaetano la terza media se la sarebbe presa, come se la prendevano tutti dopo le centocinquanta ore. Le commissioni di vecchi presidi avevano persino smesso, negli ultimi anni, di essere razziste con gli stranieri: i centri di educazione territoriale erano un lusso che il Provveditorato non voleva permettersi fuori misura.
Passavano tutti, ma Gaetano era il mio alunno migliore. Quando in classe leggevo i suoi temi ad alta voce, lui arrossiva solo ai primi due righi, poi si gonfiava di orgoglio, mano a mano che andavo avanti e magari facevo anche *sí* con la testa, lui cresceva, diventava piú grosso di

quello che era. Poi, sicuro di quello che stava chiedendo, fingeva di cercare conferma: «Il *che*, là, è giusto?» Il *che* era giusto, e ci stava anche bene in quella frase lí, in quel punto lí. Questo il programma non lo richiedeva.

Ecco, Gaetano stava venendo a fare i suoi conti con questa cosa, che sapeva dove mettere il *che* perché suonasse bene, e in piú aveva anche qualcosa da dire. Io lo sapevo, e tremavo per lui, però tranquilla entrai nell'aula magna e firmai tutte le carte che c'erano da firmare, salutai i colleghi che conoscevo e il presidente esterno. Quello me lo guardai bene, perché la partita di Gaetano era contro di lui: io lo sapevo che stava per scrivere il suo tema in faccia al padre che lo aveva mandato a lavorare a otto anni, che l'avrebbe ricamato sulla tuta da ginnastica con cui l'avevano addestrato ai primi scippi, stampato a fuoco sul portone del riformatorio di Nisida.

Questo era il suo esame di terza media, adesso Gaetano aveva tredici anni e si calava in apnea nelle cisterne di Casandrino dove mettevano a macerare la canapa: per cinquanta lire a balla la riportava su. Adesso avrebbe scritto il suo tema sul libretto di lavoro della fabbrica. Lo avrebbe scritto lí per trentotto anni, e la pialla stavolta non avrebbe potuto farci proprio niente.

– Scegli la traccia piú facile, – gli avevo detto, perché conoscevo le tentazioni e i rischi degli uomini forti.

Poi la sessione era cominciata, e noi avevamo preso a vagare come mosche stanche davanti alle finestre, a controllare gli orologi. Ci eravamo passati i giornali, una collega mi aveva chiesto dove avessi comprato gli orecchini.

I signori che avevamo davanti scrivevano composti nei loro banchi, qualcuno ci offriva la vista di una capigliatura brizzolata. Ogni tanto una donna si alzava e ci veniva a chiedere un altro foglio, una collega glielo timbrava e annotava il numero crescente sul verbale. Per due ore gli unici a fare rumore fummo noi.

Poi vidi Gaetano farmi un cenno, mentre mi avvicinavo sentii che mi chiamava con quella sua voce bassa e nasale:
– Professoressa.

Io mi girai verso la cattedra, ma i commissari non mi avrebbero detto niente: cosa si può correggere in tre parole sottovoce, senza guardare il foglio e passando? In cosa avrei potuto piú aiutarlo, dopo cinquantasette anni, tre figli e una mano devastata, se non sapeva mettere i suoi congiuntivi in ordine e quello che pensava dentro le parole?

Allora mi avvicinai e guardai sul banco, capii che aveva già scritto molto e con poche cancellature.
– Ho un problema.
Io dissi sí con la testa, come un prete al confessionale.
– Mi sono bloccato.
– Che cosa vuoi dire?
– Vorrei andare avanti.
– Mettici un futuro.
– No, voglio metterci il presente.
– E scrivi al presente.
– Però vengo già da un presente che è finito mo.

Non capivo, avevo bisogno di leggere, non gli risposi nulla e mi presi altre due vasche, avanti e indietro tra le corsie di banchi. Camminavo male: avevo un dolore sordo al tallone che mi faceva zoppicare. All'altezza della porta accennai anche un passo fuori, ma guardavo l'orologio e smaniavo per tornare vicino a Gaetano. Controllai l'ansia mentre andavo verso di lui, mi avvicinai lentamente e mi misi a sbirciare da dietro, ma con finta nonchalance, come se fossi incuriosita.

Lessi dove lui mi indicò, che era dove finiva lo scritto: «anche se scrivo con la sinistra, e nessuno ormai se ne accorge, io però alla mano destra ho sempre tre dita in meno. Che sono la mia libertà, perché la mia normalità di prima era una pietra».

Pensai e feci due passi, poteva riattaccare con un «adesso».

– Professoré.
– Sto pensando.
– Io devo scrivere altre due pagine, al presente, che è un presente nuovo.
– Ho capito.

Guardai l'orologio e maledissi i perfezionisti di cinquantasette anni che scrivono con tre dita mancanti.

Un commissario cominciava a guardare fisso verso di me, parlai tra le labbra come fossi anch'io una studentessa.

– Mettici uno spazio bianco e ricomincia a scrivere quello che vuoi.
– Ma si può fare?

Non me lo chiesi, perché era necessario.

– Sí, lascia un rigo in bianco e ricomincia sotto.
– Non è che poi pensano che mi sono dimenticato qualcosa?
– No-o.

Il commissario Esposito si alzò e mi sorrise gentilmente con un sorriso falso, mi richiamò:

– Dottoressa, venga a prendere il caffè: abbiamo chiamato il bar.

Guardai Gaetano con risentimento.

– Ma lei non ce l'ha mai detto in classe che si poteva fare.
– E va bene, però mo non scocciare e mettici uno spazio bianco, che io mi vado a prendere il caffè.

Ringraziamenti e dedica.

La stesura di questo libro nasce dall'incontro con donne formidabili: Giada Costabile, Lucia Caredda, Mena Cozzolino, Pina M., Fausta C. A loro è sempre andato il mio primo pensiero.

Ringrazio Gennaro Falanga e gli alunni del corso L2 della Scuola territoriale di Formazione per adulti «Tito Angioletti» di Torre Annunziata: per avermi ospitata;

Maria Chianese e Anna Gambardella per le consulenze;
Alessandra Infante per la prima lettura, quella che dà il coraggio;
Paola Gallo per il fruttuoso assedio;
Marco Peano e i suoi innumerevoli occhi;
Roberto Santachiara come la manna dal cielo.

E Lorenzo Medici perché una mattina, insieme al caffè, mi ha portato una storia indispensabile ad andare avanti nella scrittura.

In memoria di Marcello Oddati, per i suoi genitori Enza e Nicola.

Indice

p. 5   Prologo
 13   Lo spazio bianco
107   Epilogo

115   *Ringraziamenti e dedica*

Stampato per conto della Casa editrice Einaudi
presso Mondadori Printing S.p.A., Stabilimento N.S.M., Cles (Trento)
nel mese di gennaio 2008

C.L. 19096

Ristampa								Anno			
0	1	2	3	4	5	6		2008	2009	2010	2011